時代小説

命懸け

素浪人稼業⑤

藤井邦夫

祥伝社文庫

目次

第一話　命懸け

一

腰高障子が静かに叩かれた。

矢吹平八郎《やぶきへいはちろう》は、眠気の残る眼をあけて辺《あた》りの様子を窺《うかが》った。

大した家具のない部屋は薄暗く、雨戸の隙間や節穴から陽の光が斜《なな》めに差し込んでいた。

変わった事はない……。

平八郎は耳を澄《す》ませた。

腰高障子が再び静かに叩かれた。

やはり、誰かが訪ねて来ている。

「誰かな……」

平八郎は、蒲団《ふとん》の上に身を起こした。鼻の先に酒の臭いが過《よぎ》った。

「萬屋《よろずや》の万吉《まんきち》です」

明神下《みょうじんした》通りの口入屋『萬屋』の主《あるじ》の万吉が訪れたのだ。

「ちょっと待ってくれ」

平八郎は、蒲団と一升徳利《どっくり》や茶碗などを脇に片付け、腰高障子を開けた。

万吉の狸面《たぬきづら》が日差しの中にあった。

「やあ。どうぞ」

平八郎は、眩《まぶ》しげに眼を細めて万吉を招き入れた。

「お邪魔しますよ」

万吉は三和土《たたき》に踏み込み、眉《まゆ》をひそめて鼻を鳴らした。

「昨夜、撃剣館《げきけんかん》の仲間が来てな。ちょいと飲み過ぎたようだ」

平八郎は苦笑いを浮かべた。

『撃剣館』は、岡田十松《おかだじゅうまつ》が駿河台小川町《するがだいおがわまち》に開いている神道無念流《しんとうむねん》の剣術道場であり、
平八郎は高弟の一人だった。

「これを……」

万吉は笑いもせず、風呂敷包みから稲荷鮨《いなりずし》を取り出した。

「朝飯にどうぞ……」

「えっ……」

「もっとももうじき昼ですがね」

万吉が手土産を持って、平八郎の家を訪れるのは初めてだった。

「どうしました。何かありましたか」

平八郎は、眼を丸くして戸惑《とまど》い、困惑した。

「やっていただきたい仕事がありましてね」

「仕事……」

口入屋の万吉が仕事の周旋《しゅうせん》をするのは当たり前だが、手土産と一緒にわざわざ持って来てくれるなどあり得ることではない。

平八郎の困惑は、警戒に変わった。

「どんな仕事ですか……」

「これを届ける使いでしてね……」

万吉は、懐から油紙で包み麻紐《あさひも》で硬く縛《しば》った幅二寸、長さ三寸ほどの品物を取り出した。

「手間賃は一分です」

「これを届けるだけで一分……」

平八郎は素《す》っ頓狂《とんきょう》な声をあげた。

「ええ、前金で……」

万吉は頷《うなず》いた。

一分は四分の一両だ。包みを届けるだけにしては、破格の手間賃だ。

「届ける相手、何処《どこ》か遠くにいるんですか」

平八郎は、当然のように尋ねた。

「届け先は、入谷鬼子母神《いりやきしぼじん》の裏にある真龍寺《しんりゆうじ》って寺です」

「入谷鬼子母神裏の真龍寺ですか」

「ええ。これからすぐに行って下さい」

入谷鬼子母神は上野寛永寺《うえのかんえいじ》の裏手だ。平八郎が暮らすお地蔵長屋のある明神下裏から遠くはない。そこに手荷物を届けるのは、楽過ぎる仕事といえる。

「それで一分の手間賃……」

割の良過ぎる仕事だ。

甘い話には裏がある……。

平八郎の警戒心が動いた。

「どうします。やりますか」

万吉は、平八郎の腹を読んで先手を打った。

「いえ、それは……」

平八郎は言葉を濁《にご》した。

「前金で一分、やりませんか」

万吉は、平八郎を冷たく一瞥《いちべつ》した。

「やりますよ」

平八郎は慌《あわ》てて引き受けた。

「そうですか、やりますか……」

万吉は、駆け引きに勝ったような笑みを浮かべた。

「やりますよ」

平八郎は腐った。

どんな危険よりも一分の手間賃……。

最初から勝てない駆け引きだ。

平八郎が一分の手間賃に惹《ひ》かれた限り、万吉との駆け引きに負けるのは当然だった。

巳《み》の刻四つ(午前十時)過ぎ。

平八郎は、万吉の土産の稲荷鮨を食べ、井戸端で顔を洗って水を被った。そして、油紙の包みを懐に入れ、神田《かんだ》明神下のお地蔵長屋を出た。

お地蔵長屋の木戸口には、目鼻の磨《す》り減った古い地蔵がある。平八郎は、古い地蔵に手を合わせ、その光り輝く頭をひと撫ぜして木戸を出た。

油紙に包んだ品物は、ずっしりとした重さがあった。小判なら切り餅一個、二十五両ほどの重さだ。

明神下の通りから下谷広小路《したやひろこうじ》に抜け、山下を進んで上野寛永寺の裏に出ると入谷になる。

油紙に何が包まれているかは分からない。そして、万吉は雇い主が何処の誰かを教えてはくれなかった。

油紙の包みを届ければ終わる仕事だ。深く知る必要はない。

平八郎は、前金一分で割り切った。

行く手に鬼子母神の屋根が見えた。

さっさと届けて終わりだ……。

平八郎は真源院《しんげんいん》鬼子母神を訪れ、境内《けいだい》を掃除していた寺男に真龍寺が何処か尋ねた。

「真龍寺……」

寺男は、平八郎に胡散《うさん》臭げな眼を向けた。

真龍寺は、鬼子母神から浅草田圃《あさくさたんぼ》に進んだ処《ところ》にあった。

平八郎は眉をひそめた。

真龍寺は、山門や屋根が崩れ掛けた廃寺だった。鬼子母神の寺男が、平八郎を胡散臭げに見ても仕方がなかった。

平八郎は、崩れ掛けた山門を潜《くぐ》って雑草の生い茂る境内に踏み込んだ。

本堂、鐘撞堂《かねつきどう》、庫裏《くり》などが、軒《のき》を傾けて雑草に埋もれていた。

平八郎は、本堂などを窺った。

庫裏に人の気配が微かにした。

誰かが見ている……。

平八郎は辺りを警戒し、油断なく庫裏に近づいた。

庫裏の腰高障子が音を立てて僅《わず》かに開いた。

平八郎は身構えた。

老爺が、腰高障子の僅かに開いた隙間から覗《のぞ》いた。

「矢吹平八郎さまですか……」

老爺は探るように囁《ささや》いた。

「如何《いか》にも……」

何故、俺の名前を知っている……。

平八郎は、戸惑いながらも頷いた。

「品物、持って来てくれましたか……」

老爺は怯《おび》えていた。

「品物……」

「はい。萬屋の万吉さんに頼んだ品物です」

油紙の包みの事だ。

「これか……」

平八郎は、懐から油紙の包みを出して見せた。

老爺は、腰高障子を開けて外に出て来た。

その姿は、武家か大店《おおだな》の下男風といって良いものだった。

「お前さんが渡す相手かどうか、分からなきゃあ渡せないな」

平八郎は、老爺の正体が知りたかった。

「手前は作造《さくぞう》と申します」

老爺の作造は焦《あせ》りを浮かべた。

「作造か……」

「はい。品物を……」

作造は焦り、苛立《いらだ》ちを滲《にじ》ませた。

平八郎は、油紙に包んだ品物を渡した。

作造は、品物を掲げて祀《まつ》るように瞑目《めいもく》した。

刹那《せつな》、本堂の陰から殺気が押し寄せた。

平八郎は身構えた。

四人の浪人が本堂の陰から現れ、茂みを踏み倒して押し寄せて来た。

作造は、品物を握り締めて恐怖に立ち竦《すく》んだ。

浪人たちは、作造に激しく斬り掛かってきた。

危ない……。

平八郎は、咄嗟《とっさ》に作造を突き飛ばした。だが、作造は太股《ふともも》を斬られ、血を飛ばして倒れた。浪人たちは、作造に止《とど》めを刺そうと殺到した。

平八郎は、腰を僅かに沈めて閃光を放った。

先頭にいた浪人が、腹から血飛沫《ちしぶき》を撒き散らして雑草の茂みに倒れた。

残った浪人たちは思わず怯《ひる》んだ。

平八郎は、作造を抱き起こして庫裏に逃げ込み、素早く腰高障子を閉めた。

作造は、居間の囲炉裏端《いろりばた》に倒れ込んだ。

平八郎は土間に潜《ひそ》み、腰高障子の破れから外を窺った。


境内では二人の浪人が庫裏を警戒し、一人の浪人が平八郎に斬られた浪人の死を確かめていた。

「どうした、加藤《かとう》」

塗り笠を被った武士が中間《ちゅうげん》を従え、崩れ掛けた山門を潜って来た。

「児玉《こだま》さま、得体《えたい》の知れぬ浪人が、何か届けたので、調べようとしたら……」

死体の傍《そば》にいた浪人の加藤が、笠を被った武士を迎えた。

「おのれ。おそらくそいつだ……」

児玉と呼ばれた笠を被った武士は、血走った眼で庫裏を睨《にら》みつけた。


「作造、どういう事だ」

平八郎は、腰高障子の脇に潜んで怪訝《けげん》に振り返った。

囲炉裏の傍では、若い武家娘が作造の太股の傷の手当てをしていた。

平八郎は驚いた。

「矢吹さま、お嬢さまを連れてお逃げ下さい」

作造は、傷の痛みに顔を歪《ゆが》めながら平八郎に頼んだ。

「お嬢さま……」

平八郎は戸惑った。

「はい。佐奈絵《さなえ》さまにございます。どうかお願いします」

作造は苦しげに呻《うめ》いた。

「しっかりして、爺や」

佐奈絵と呼ばれた若い武家娘は、半泣きで作造に縋《すが》った。

「佐奈絵さま、爺やはもう歩けません。矢吹さまと御一緒にお逃げ下さい」

「でも、そうしたら爺やは……」

「佐奈絵さま、爺やは只《ただ》の下男。児玉さまもこれ以上の非道な真似《まね》は致さぬでしょう」

作造は、顔を歪めて小さく笑ってみせた。

「爺や……」

佐奈絵は涙ぐんだ。

腰高障子を破って松明《たいまつ》が投げ込まれた。

土間に落ちた松明は、火の粉と煙を撒き散らして転がった。

「おのれ……」

平八郎は焦った。

松明は次々と投げ込まれ、土間と居間に火が燃え広がり始めた。

「矢吹さま、佐奈絵さまをお願いします」

作造は必死に頼んだ。

「よし。作造、俺がおぶってやる」

平八郎は、作造に背中を向けた。

「矢吹さま」

作造は驚き、躊躇《ためら》った。

「早く背中に乗れ。佐奈絵さん」

「は、はい。作造……」

佐奈絵は、作造を平八郎の背中に乗せた。

「佐奈絵さん、裏から逃げる。俺から離れずにな」

「心得ました」

佐奈絵は、品物を胸元に入れ、懐剣を握り締めて平八郎に続いた。

炎は燃え上がった。

真龍寺の廊下と座敷は崩れ落ちていた。

平八郎は作造を背負い、佐奈絵を連れて奥から裏手に逃げた。そして、朽《く》ち掛けた雨戸を蹴破って裏庭の茂みに飛び降りた。

同時に潜んでいた浪人が斬り付けてきた。

平八郎は咄嗟に躱《かわ》し、刀を握った浪人の腕を両断した。両腕を斬られた浪人は、悲鳴をあげて激痛に激しくのたうち廻った。

平八郎は、作造を背負って走った。佐奈絵が懸命に続いた。そして、雑草に覆《おお》われた崩れ掛けた土塀を乗り越え、佐奈絵を連れて浅草田圃の畦道《あぜみち》を走った。

笠を被った武士・児玉玄兵衛《げんべえ》は、怒りを滲《にじ》ませて怒鳴《どな》った。

「逃がすな。逃がすな加藤」

「はっ。小林《こばやし》」

加藤は、平八郎と佐奈絵たちを追った。小林と呼ばれた浪人が続いた。

「おのれ、何者だ……」

児玉は吐き棄《す》てた。

「作造の知り合いの口入屋が頼んだ使いにございます」

中間の音蔵《おとぞう》が、油断のならない眼を向けた。

「おのれ。音蔵、黒脛巾《くろはばき》組の吉野清助《よしのきよすけ》に事の次第を伝え、品川《しながわ》までの道筋を見張れと命じろ」

「心得ました」

音蔵は、崩れた土塀を乗り越えて駆け去った。

庫裏から炎と煙が噴出した。

浅草田圃には縦横に道が走り、寺と武家屋敷が点在している。そして、遥《はる》か彼方《かなた》に新吉原《しんよしわら》が見えた。

「や、矢吹さま……」

作造が苦しげに平八郎を呼んだ。

平八郎は、小川の流れの傍に作造を下ろし、背後を窺った。

田畑の向こうに見える真龍寺から煙があがり、半鐘《はんしょう》が打ち鳴らされていた。

「作造……」

佐奈絵は、両手で水を掬《すく》って作造に飲ませた。

「かたじけのうございます」

作造は、佐奈絵に礼を述べて平八郎に向き直った。

「矢吹さま……」

「なんだ」

「手前はもう大丈夫です。後は自分で何とか出来ます。矢吹さまはお嬢さまをお護《まも》り下さいまして、どうぞ先にお急ぎ下さい」

作造は、平八郎に頼んだ。

「先にって、何処に行くのだ」

平八郎は怪訝に尋ねた。

「品川にある陸奥《むつ》国仙台《せんだい》藩の江戸下屋敷です」

「仙台藩の下屋敷……」

平八郎は戸惑った。

「はい。早く」

遠目に先ほどの浪人たちの姿が見えた。

「矢吹さま……」

佐奈絵が不安げに眉をひそめた。

「おのれ……」

品川には、下谷から日本橋《にほんばし》を抜けて行くか、湯島《ゆしま》から神楽坂《かぐらざか》、四ッ谷《よや》、青山《あおやま》を通る道筋がある。それは、千代田《ちよだ》の城の東側を行くか、西側を行くかだった。

「よし。作造、ここに潜んで奴らをやり過ごし、後から品川に来い」

「承知しました」

「じゃあ佐奈絵さん、品川に行くぞ」

「はい。作造、気をつけてね」

平八郎は、佐奈絵を伴って品川に急いだ。


真龍寺は燃え続けた。

町火消の十番組の〝と・ち・り・ぬ・る・を組〟が駆け付け、火を消し始めていた。

真龍寺は入谷でも離れた処にあるので類焼の心配はなく、野次馬たちものんびりと見物をしていた。そして、火消人足たちは、境内の茂みと庫裏の裏に二人の浪人の死体を見つけた。

火消人足は、駆け付けて来ていた南町《みなみまち》奉行所定町廻り同心の高村源吾《たかむらげんご》に報《しら》せた。

高村は、一緒に来ていた岡っ引の駒形《こまがた》の伊佐吉《いさきち》と浪人の死体を検《あらた》めた。

一人は腹を斬られ、もう一人は両腕を断ち斬られていた。

「両腕を一太刀で斬り飛ばしていますね」

伊佐吉は、恐ろしげに眉をひそめた。

「ああ、見事な腕だぜ」

高村は感心した。

「真龍寺の火事と関わりがありそうですね」

「きっとな……」

高村は頷いた。

「親分、旦那……」

下っ引の亀吉《かめきち》が駆け寄って来た。

「どうした」

「へい。鬼子母神の寺男が、見知らぬ若い浪人に真龍寺が何処か訊《き》かれていました」

「若い浪人……」

伊佐吉は僅かに緊張した。

「どんな野郎だ」

「それが旦那、人相が似ているんですよね。平八郎さんに……」

「なんだと」

伊佐吉は驚いた。

「矢吹の平八郎さんか……」

高村は苦く笑った。

「旦那……」

「伊佐吉。もし、矢吹平八郎さんが絡んでいるなら、この二人を斬ったのは平八郎さんだな」

高村は睨んだ。

「はい。とにかく平八郎さんを探してみます」

「うん。そうしてくれ」

伊佐吉は、亀吉を従えて明神下のお地蔵長屋に急いだ。

真龍寺の火事はすでに鎮火し、燻《くすぶ》りが煙を立ち昇らせていた。

下谷広小路は、上野寛永寺への参拝客と不忍池《しのばずのいけ》を散策する人々で賑《にぎ》わっていた。

平八郎は佐奈絵を伴い、下谷広小路の雑踏《ざっとう》を抜けた。

下谷広小路から日本橋までは約半里。日本橋からは品川までは二里。こちらの方が都合二里半の道程で一番近く、男の急ぎ足で一刻半（三時間）程で到着出来る。

だが、笠を被った武士や浪人たちは、それを読んで網を張り巡らせている筈だ。ならば、千代田城の西側を通るか、浅草に出て舟で大川を下って品川に行くかだ。だが、一体何がどうなっているのか事情が分からない限り、下手な動きは出来ない。

先ずは詳しい事情を知るべきだ……。

平八郎は追手の浪人たちがいないのを確かめ、佐奈絵を連れて神田明神前の居酒屋『花や』に急いだ。

二

神田明神門前の居酒屋『花や』は、開店前の静けさに包まれていた。

主で板前の貞吉《さだきち》は買出しに出掛け、娘で女将のおりんは店内の掃除に忙しかった。

「おりん……」

平八郎は、佐奈絵を連れて『花や』の裏口に現れた。

「あら。どうしたんですか……」

おりんは、平八郎の背後にいる佐奈絵に眉をひそめた。

「追われていてな。ちょいと休ませてくれ」

平八郎は、手早く事情を話した。

おりんは驚き、平八郎と佐奈絵を板場脇の小部屋に通した。

佐奈絵は、平八郎に不安げな眼差《まなざ》しを向けた。

「矢吹さま、一刻も早く品川の下屋敷に参らなければ……」

「佐奈絵さん。そいつは充分に心得ています。だが、事情を知らなければ敵の攻撃を躱す事も出し抜く事も出来ません。一体、仙台藩に何が起こっているのですか」

平八郎は膝を進めた。

「それは……」

佐奈絵は、躊躇いながらも覚悟を決めて話し出した。

陸奥国仙台藩六十二万石は、外様大名でも将軍家から〝松平《まつだいら》〟を賜《たまわ》っており、芝《しば》口《ぐち》に江戸上屋敷、愛宕《あたご》下に中屋敷、そして、麻布《あざぶ》、深川《ふかがわ》、品川、木挽町《こびきちょう》などに数軒の下屋敷を構えている。

佐奈絵は、仙台藩江戸上屋敷の藩医・桂田俊斎《かつらだしゅんさい》の娘であり、半年前まで品川の江戸下屋敷で暮らしている藩主・宗義《むねよし》の側室・お愛《あい》の方の侍女をしていた。

そのお愛の方が大切にしていた品物が何者かに奪われた。そして、その品物が天下に曝《さら》されれば、仙台藩は窮地《きゅうち》に陥《おちい》り、お愛の方と藩主・宗義は命を以《もっ》て責めを負わなければならない。

藩主・宗義は、目付頭の岩城蔵人《いわきくらんど》に品物を取り戻すように密《ひそ》かに命じた。密命を受けた蔵人は、お愛の方の品物が藩主・宗義の弟の宗秋《むねあき》の配下が盗み取ったのを突き止め、取り戻した。

だが、藩の忍び組の黒脛巾組上がりの宗秋側近の児玉玄兵衛は、浪人と配下の者たちを駆使《くし》して蔵人を追った。手傷を負った蔵人は、取り戻した品物を『萬屋』の万吉に預け、許婚《いいなずけ》の佐奈絵にお愛の方に届けるように頼み、傷付いた姿を隠した。

事が露見すれば、宗義は藩主の座を追われ、弟の宗秋が家督を継ぐ事になる。

佐奈絵は、蔵人が命懸けで取り戻した品物をお愛の方に届けようとしていた。

藩主・宗義さまとお愛の方さまの為、そして仙台藩を窮地に陥れぬ為……。

佐奈絵は話し終え、深い溜息を洩らした。

「では、私たちを襲い、真龍寺に火を放ったのは、黒脛巾組あがりの宗秋側近の児玉玄兵衛ですか……」

「はい。宗秋さまは、お愛の方さまの秘密を曝し、宗義さまを蹴落とし、御自分が藩主になろうとしているのでございます」

佐奈絵は哀しみを浮かべた。

事件の裏には醜《みにく》い御家騒動が潜んでいた。

「江戸家老や留守居役などの重臣たちはどうしているんです」

「分かりません。ですが、蔵人さまによれば、御家老やお留守居役は、御公儀に露見するのを恐れて取り繕《つくろ》うのが精一杯だそうです」

「そうですか……」

平八郎は思わず唸《うな》った。

「それにしても、お殿さま、もっと厳しくやればいいのに……」

おりんは、苛立ちを見せた。

佐奈絵は、恥ずかしげに俯《うつむ》いた。

「それで佐奈絵さん、殿さまの弟の宗秋は、何処にいるのですか」

「愛宕下の中屋敷です」

「愛宕下ですか……」

「はい」

「芝口には上屋敷、木挽町にも下屋敷がありましたね」

「はい。それが何か……」

「いいえ。そうなると日本橋を通り、芝口、木挽町から愛宕下を抜ける東海道は、藩士の眼につき易いかと思いましてね」

「きっと……」

佐奈絵は頷いた。

「ならば、遠廻りでも千代田の城の西側、神楽坂から四ッ谷、青山を抜けて行くべきなのかも知れません」

「はい」

佐奈絵は頷いた。

「では、そうしよう。おりん、聞いての通りだ。もし、駒形の伊佐吉親分か長次《ちようじ》さんが来たらそう伝えてくれ」

「分かったけど。平八郎さん……」

おりんは声を潜めた。

「なんだ」

「これ、万吉さんの口利きの仕事なの」

「ああ」

「お給金、幾《いく》ら」

「一分だ」

「一分……」

おりんは眉を逆立てた。

「安い。一分だなんて安過ぎるわよ」

おりんは怒りを滲ませた。

「そういやあ、そうだな……」

油紙の包みを届けるだけではなく、浪人たちと斬り合って佐奈絵と作造を助け、今では用心棒まで務めている。それで一分とは、確かに安過ぎる。

「おりん。そいつは一件が片付いてから、ゆっくり談合するよ」

「きっとよ。そうすりゃあうちの付けも払えるんだから」

「うん。じゃあな」

平八郎は、佐奈絵を連れて『花や』のある神田明神門前を後にし、神田川沿いを四ツ谷に向かった。

不忍池の水面《みなも》に小波《さざなみ》が走った。

児玉玄兵衛は、浪人の加藤と小林に追いついた。加藤と小林は、平八郎と佐奈絵を見失っていた。

「それで下男の作造は如何《いかが》致した」

「それが……」

加藤と小林は顔を見合わせた。

「やはり見失ったか……」

「はい」

加藤と小林は恥じ入るように項垂《うなだ》れた。

刹那、児玉は刀を抜き、加藤と小林を斬り棄てた。加藤と小林は不意を突かれ、驚いた顔のまま絶命した。

「口先だけの役立たずが……」

児玉は吐き棄て、下谷広小路に向かった。

すると、不忍池の畔《ほとり》の茶店の傍に黒脛巾組の配下の手塚清之助《てづかせいのすけ》がいた。

児玉は、手塚を誘って茶店の縁台に腰掛け、茶店女に茶を頼んだ。

「佐奈絵は……」

「音蔵の報せを受け、すぐに黒脛巾組の者どもを手配りしましたが、未だ」

「そうか……」

「して、加藤たち浪人は……」

「驚く程の役立たずだ。浪人するのが良く分かる」

「ならば……」

手塚は眉をひそめた。

「すでに始末した」

児玉は、運ばれた茶を飲んだ。

「それはそれは……」

手塚は、児玉の気の短さに苦笑した。

「よし。では、宗秋さまの許《もと》に行くぞ」

児玉は、茶を飲み干して縁台から立ち上がった。

水鳥が一斉に飛び立ち、不忍池に羽音が響いた。

お地蔵長屋に平八郎はいなかった。

伊佐吉と亀吉は、長屋のおかみさん連中に平八郎の様子を尋ねた。

「昼前、萬屋の万吉さんが来て、顔を洗って出掛けたか……」

伊佐吉は眉をひそめた。

「へい。隣の家のおかみさんがそう……」

亀吉は、聞き込みの結果を伝えた。

「行き先、きっと萬屋の旦那がご存知です。訊いて来ますか」

「いや。俺も行くよ」

伊佐吉と亀吉は、お地蔵長屋を後にして口入屋『萬屋』に向かった。

明神下の通りにある口入屋『萬屋』は、大戸を下ろしていた。

隣の煙草《たばこ》屋の老婆が、万吉が出掛けて行くのを見ていた。

「旦那も出掛けているとなると、どうしようもありませんね」

「うん……」

伊佐吉は吐息を洩らした。

浪人が二人殺され、荒れ寺の真龍寺に火が付けられた。そして、平八郎が絡んでいる。

一体、何が起きているのだ……。

伊佐吉は苛立ちを覚えた。

「親分……」

長次がやって来た。

「長さん……」

「遅くなって申し訳ありません。事の次第は入谷で高村の旦那に聞きました」

長次は、火事のあった入谷の真龍寺に行き、伊佐吉たちを追って来たのだ。

「で、平八郎さんは……」

「そいつがいないんだよ」

「分かりました。あっしが探してみます」

「そうしてくれ。俺と亀吉は、萬屋の万吉さんを探してみる」

伊佐吉、亀吉と長次は二手に分かれた。


長次は、平八郎の行動を思い浮かべ、馴染みの居酒屋『花や』に向かった。

平八郎は、万吉が家に訪れた後、入谷の真龍寺に行った。それは、万吉から仕事を周旋されたからに他ならない。仕事を引き受けたのは金がないからであり、腹を減らしていたはずだ。そして、金の入る当ての出来た平八郎は『花や』に赴き、おりんに飯を食べさせて貰う。

長次は、平八郎の動きをそう読み、『花や』に急いだ。

居酒屋『花や』の表では、おりんが掃除をしていた。

「おりんさん」

長次は駆け寄った。

「あら、長次さん、待っていましたよ」

おりんは、安心したように長次を迎えた。

読み通り、平八郎は来たようだ……。

長次は、己の読みが当たったのを密かに誇り、僅かに安堵《あんど》した。

「平八郎さん、来たんだね」

「ええ。それで……」

おりんは眉をひそめ、平八郎が佐奈絵を連れて品川にある仙台藩江戸下屋敷に行った事を告げた。

「品川の仙台藩江戸下屋敷……」

長次は驚き、困惑した。

「長次さん、今、仙台藩ではね……」

　おりんは、頭の中で何度も稽古《けいこ》をしたのか、事件の真相と経緯を要領良く説明した。

　長次は驚かずにはいられなかった。

「それで平八郎さん、神楽坂から四ッ谷、青山を廻って品川に向かったのかい」

「ええ。日本橋通りから東海道は、きっと見張られているだろうって……」

「そうか……」

　平八郎の睨みは正しく、自分がその立場だったら同じ事をするはずだ。

「分かった。じゃあ、追ってみるよ」

「ええ。気をつけて……」

　長次は、おりんに見送られて神田川沿いの道を神楽坂に急いだ。


　神田川は江戸川と合流し、牛込御門前神楽坂を過ぎた。

　平八郎と佐奈絵は、外濠《そとぼり》沿いの道を市ヶ谷御門に急いだ。だが、女の佐奈絵を連れての足取りは、思った程に伸びなかった。

　平八郎は、微《かす》かな焦りを覚えた。

愛宕下の仙台藩江戸中屋敷は静けさに包まれていた。

藩主・宗義公の弟の宗秋は、側近の児玉玄兵衛の報告に焦りを覚えた。

「それで児玉。佐奈絵たちを助けた浪人、何者なのだ」

「分かりませぬ。ですが、かなりの剣の使い手。油断はなりませぬ」

「おのれ……」

宗秋は吐き棄てた。

「児玉さま……」

配下の手塚清之助が現れた。

「どうした」

「はい……」

手塚は、宗秋の前での報告を躊躇《ためら》った。

「構わぬ」

宗秋は苛立った。

「ははっ」

手塚は慌てて平伏した。

「手塚、宗秋さまの仰せだ。申してみよ」

「はっ。桂田佐奈絵、日本橋の通りから東海道に現れた気配、未だになく。ひょっとしたら我らの動きを読み、四ッ谷、青山から品川に入るのではないかと……」

「千代田のお城の西側を来るか……」

児玉は眉をひそめた。

「はい」

手塚は頷いた。

「よし。手塚、配下を率いて四ッ谷、青山から品川に向かえ」

「心得ました。では……」

手塚は、素早い身のこなしで立ち去った。

「児玉、手塚の読み通りならば、おそらく佐奈絵と一緒にいる浪人の策であろう」

「はい。拙者《せっしゃ》もそのように存じます」

児玉は頷いた。

「おのれ……」

宗秋は、腹立たしげに吐き棄てた。

外濠の水面には小波が走っていた。

平八郎と佐奈絵は、市ヶ谷御門前を通り過ぎた。

今までのところ、宗秋の配下と思われる不審な者と出逢う事はなかった。

千代田城の西側を通る策は、まだ気付かれてはいないようだ。だが、日本橋の通りと東海道を通らないことに不審を抱かれ、西側を通るのが知れるのに時は掛からないだろう。

平八郎は、油断なく辺りを警戒して先を急いだ。

佐奈絵は、緊張した面持ちで平八郎に続いた。

四ッ谷御門に差し掛かった時、行く手から数人の武士の一団がやって来た。

仙台藩の藩士……。

「矢吹さま……」

佐奈絵の声が緊張に上擦った。

「こちらに……」

平八郎は佐奈絵を誘い、咄嗟に外濠を渡って四ッ谷御門を潜った。そして、門の陰で武士の一団の様子を窺った。

武士の一団は、四ッ谷御門前を通り過ぎて行った。

仙台藩の藩士ではなかった……。

佐奈絵は、安堵の吐息を洩らした。

宗秋側近の児玉玄兵衛たちは、平八郎と佐奈絵が四ッ谷側から品川に入る可能性があるのに気付いた。

平八郎の直感が囁いた。

急がなければならない……。

平八郎は、一番近い道筋を取って品川に向かう事にした。

四ッ谷御門を潜り、外濠の内側を進んで紀尾井坂《きおいざか》から赤坂《あかさか》御門に抜けた。

赤坂御門を出た平八郎と佐奈絵は、一ツ木《ひとつぎ》通りをあがって長州藩毛利《もうり》家の江戸中屋敷の脇の道から青山に抜け、六本木《ろっぽんぎ》の通りを飯倉片町《いいぐらかたまち》に急いだ。

口入屋『萬屋』万吉は店に戻らず、その行方《ゆくえ》も分からなかった。

伊佐吉は、『萬屋』に亀吉を張り付け、平八郎に斬り棄てられた二人の浪人の素性を追った。二人は、湯島天神裏門の居酒屋に屯《たむろ》している浪人たちの仲間だった。

伊佐吉は、湯島天神裏の居酒屋を訪れた。

古い居酒屋の店内は狭く薄暗かった。

初老の亭主は、岡っ引の伊佐吉が訪れたのに戸惑いを滲ませた。

伊佐吉は、浪人たちの事を尋ねた。

「へい。加藤ってのが頭分でして、小林に土田《つちだ》、それから前川《まえかわ》って名の浪人が屯していましてね。一昨日、児玉ってお侍に雇われて行ったきりですが……」

「児玉……」

伊佐吉は眉をひそめた。

「どんな侍だった」

「仙台藩のお侍のようでしたよ」

「仙台藩の児玉……」

浪人たち斬殺と真龍寺の火事の一件の裏には、仙台藩が絡んでいる。

伊佐吉は、思わぬ大藩の登場に緊張した。

「親分さん、加藤たちがどうかしたんですか」

亭主は、伊佐吉に困惑した眼差しを向けた。

「その内の二人が入谷で殺されてね」

「殺された……」

亭主の声は僅かに弾んだ。

伊佐吉は苦笑した。

「迷惑していたのかい」

「へい。因縁を付けたり、絡んだり、他のお客が怖がりましてね」

亭主は眉をひそめた。

「邪魔するよ」

若い男が駆け込んで来た。

「父っつあん、不忍池の畔でここに屯している浪人が斬り殺されているそうだ。同心の旦那が顔を確かめに来てくれってよ」

若い男は、不忍池の端の茅町《かやまち》の自身番の番人だった。

「俺も一緒に行くぜ」

伊佐吉は十手を見せた。

「こりゃあ親分さんでしたか……」

番人は慌てて頭を下げた。

伊佐吉は、居酒屋の亭主と共に番人に案内されて不忍池茅町に向かった。

二人の浪人の死体は戸板に乗せられ、自身番の裏に寝かされ筵《むしろ》を掛けられていた。

番人が自身番に駆け込み、高村源吾を呼んで来た。

「旦那……」

伊佐吉が駆け寄った。

「おう。真龍寺で斬られた浪人どもを追って来たのか」

「はい。浪人どもが屯していた居酒屋の主です」

伊佐吉は、居酒屋の亭主を紹介した。

亭主は、怯えを滲ませて高村に頭を下げた。

「ご苦労だね。ま、面を見て貰おう」

伊佐吉が筵を捲《めく》った。

加藤と小林の死に顔が現れた。

亭主は思わず眼を背《そむ》けた。

「どうだ……」

「へい。うちの店に屯していた加藤と小林に違いありません」

亭主は微かに声を震わせた。

「この二人が加藤と小林なら、真龍寺の浪人は土田と前川って事かな」

伊佐吉は、亭主の言葉を思い出した。

「きっと……」

亭主は頷いた。

「浪人の仲間、他にもいるのか」

「いいえ。四人だけです」

「旦那、加藤たちも平八郎さんに……」

伊佐吉は高村に囁いた。

「いいや。斬り口に鮮やかさが窺われん。おそらく別人の仕業だろう」

「そうですか……」

「で、その平八郎さんはどうした」

「長さんが探しています」

「そうか……」

「旦那。加藤たちは、児玉って仙台藩の侍に雇われていたそうですぜ」

伊佐吉は報せた。

「仙台藩だと……」

高村は眉をひそめた。

「はい」

伊佐吉は、緊張した面持ちで頷いた。

「伊佐吉、平八郎さん、また厄介な事件に巻き込まれたようだな」

高村は苦笑した。

「ええ。ついていないお人ですぜ」

伊佐吉は吐息を洩らした。

人柄は良く腕も立ち、頭も悪くなく顔にも愛敬がある。それなのに仕官は叶わず、生まれながらの素浪人。僅かな給金を目当てに日雇い暮らし。

「運が悪いんだよなあ……」

高村は同情した。

自身番の後ろに見える不忍池が西日を受けて煌《きら》めいた。

三

三縁山増上寺《さんえんざんぞうじょうじ》の伽藍《がらん》が西日に輝いていた。

平八郎と佐奈絵は、増上寺の裏手に出た。そして、森元町《もりもとちょう》を抜けて古川《ふるかわ》に架かる中ノ橋《なかのはし》に向かった。

夕陽に染まる古川は東に流れ、東海道の金杉橋《かなすぎばし》の下を抜けて江戸湊《えどみなと》に注いでいる。

芝口の仙台藩江戸上屋敷と愛宕下の江戸中屋敷は、すでに通り過ぎていた。

平八郎と佐奈絵は、夕陽を右手に見て中ノ橋を渡った。

「あっ……」

佐奈絵が、小さな声を洩らして立ち止まった。

平八郎は、素早く佐奈絵の視線の先を追った。

中ノ橋の袂《たもと》に遊び人風の男たちが佇《たたず》んでいた。

「仙台藩の者ですか」

「はい。江戸中屋敷の音蔵と申す中間頭たちです」

「中屋敷の中間頭……」

児玉玄兵衛は、平八郎と佐奈絵が東海道を来ないのに不審を抱き、千代田城の西側にも網を張ったのだ。やはり、平八郎の睨みの通りだった。

斬る……。

平八郎は地を蹴った。だが、音蔵たちは逸早く身を翻《ひるがえ》して古川の下流、赤羽橋《あかばねばし》の方に逃げた。

「矢吹さま……」

平八郎は、佐奈絵の声に立ち止まった。

「日が暮れます。追うより先を急いだ方がよろしいのでは……」

「そうだな……」

平八郎と佐奈絵は、筑後久留米《ちくごくるめ》藩有馬《ありま》家の江戸上屋敷の横手の道を進み、会津《あいづ》藩保科《ほしな》家江戸下屋敷と伊予松山《いよまつやま》藩久松《ひさまつ》家の江戸中屋敷の間の綱坂《つなざか》に入った。

〝綱坂〟は、源《みなもとのよりみつ》頼光の四天王の一人・渡辺綱《わたなべのつな》が、この辺りで生まれたと伝えられているところから付けられた名である。

平八郎と佐奈絵は綱坂を進み、三田《みた》の寺町に入った。

中間頭の音蔵は、配下の中間を愛宕下の中屋敷にいる児玉の許に走らせた。そして、平八郎と佐奈絵を追った。

長次は、古川に架かる中ノ橋に差し掛かった時、橋の向こうに平八郎と佐奈絵の姿をようやく捉《とら》えた。

やっと追いついた……。

長次は、平八郎たちに駆け寄ろうとした。その時、赤羽橋の方から遊び人風の男が現れ、平八郎たちの後を追った。中間頭の音蔵だった。

野郎……。

長次は、音蔵の背後を進んだ。

夕陽は沈み、夜の闇が広がり始めた。


神田橋御門傍錦小路《にしきこうじ》にある永井《ながい》屋敷の主・主水正《もんどのしよう》は、大名の監察を役目とする大目付である。そして、高村の上役である南町奉行所与力結城半蔵《ゆうきはんぞう》と遠縁だった。

高村は、事件の背後に仙台藩が絡んでいると、結城半蔵に報告した。

半蔵は、仙台藩の内情を知る為、情報通である永井家用人の寺島庄《てらしましよう》太夫《だゆう》に紹介状を書いてくれた。

高村は紹介状を手にし、伊佐吉と共に永井屋敷を訪れた。

寺島庄太夫は、永井屋敷内にある自宅に引き上げていた。

高村と伊佐吉は座敷に通された。

寺島庄太夫は寛《くつろ》いだ姿で現れた。

「やあ。南町奉行所の方々ですか」

「夜分畏《おそ》れ入ります。拙者は定町廻り同心の高村源吾。これなるは伊佐吉と申します」

「伊佐吉にございます」

伊佐吉は、高村の背後に控えて頭を下げた。

「寺島です」

寺島は微笑んだ。

「仙台藩のことだそうですが、御貴殿方の知りたい事を答えられればいいのだが……」

「実は……」

高村は、入谷の真龍寺の火事と浪人たちの死に仙台藩の藩士が絡んでいる事を告げた。

「成る程、それで仙台藩ですか……」

寺島は眉をひそめた。

「はい。寺島どのには何かご存知かと……」

「左様ですな。ま、こりゃあ諸大名家のお留守居役どののたちの間での噂ですが……」

寺島は、仙台藩の内情を話し始めた。

神田明神門前の居酒屋『花や』は、仕事帰りの職人やお店者《たな》で賑わい始めた。

女将のおりんは、その後の平八郎の動向が分からず、心配と苛立ちを募《つの》らせていた。

「邪魔するよ」

若い船頭の丈吉《じょうきち》が入って来た。

丈吉は、船頭仕事の合間に伊佐吉や長次の探索を手伝っている。

「あら、丈吉さん」

「女将さん、平八郎の旦那や長次さん、お見えじゃあないのかい」

丈吉は、のんびりと尋ねた。

「それどころじゃあないんですよ、丈吉さん」

「えっ……」

丈吉は真顔になった。

おりんは、事の次第を手短に話した。

「じゃあ、平八郎の旦那と長次さんが、品川の仙台藩の下屋敷に行ったのを、高村の旦那や伊佐吉親分はご存知ないんですかい」

丈吉は眉をひそめた。

「きっと……」

おりんは心配げに頷いた。

「そいつは拙《まず》いや。どうしよう、女将さん」

丈吉は浮き足立った。


夜、三田寺町に連《つら》なる寺は、その屋根を月明かりに輝かせていた。

平八郎は、佐奈絵を伴って品川に急いでいた。

音蔵は慎重な尾行を続けた。

長次は、音蔵を巧《たく》みに追い続けた。背後から男たちの足音が駆け寄って来た。長次は、素早く暗がりに潜んだ。遊び人風の男と数人の武士が、音蔵の許に駆け寄って行った。

拙い……。

長次は路地伝いに走り、平八郎の前に先廻りを試みた。

肥後熊本《ひごくまもと》藩細川《ほそかわ》家の江戸中屋敷の前を抜け、二本榎丁《にほんえのきちよう》に入っても寺は続いた。

東海道の高輪《たかなわ》の大木戸は過ぎ、品川の仙台藩江戸下屋敷は間もなくだ。

平八郎と佐奈絵は、どちらからともなく足を速めた。

「平八郎さん……」

行く手の暗がりから長次の声がした。

平八郎は、咄嗟に佐奈絵を後手に庇《かば》った。

「あっしです」

「長次さんか……」

「ええ。追手が来ますぜ」

長次は、暗がりから姿を見せた。

「追手……」

平八郎は振り向き、闇を透《す》かし見た。

暗がりに人影が揺れた。

佐奈絵は満面に緊張を漲《みなぎ》らせた。

「どうします」

「よし。長次さん、佐奈絵さんを仙台藩の下屋敷に連れて行って下さい。佐奈絵さん、長次さんは私と昵懇《じっこん》にしている町方です。先に行って下さい」

「矢吹さまは……」

「私は追手の足を止めます。長次さん、頼みます」

「承知。じゃあ佐奈絵さま……」

「はい。矢吹さま、くれぐれもお気をつけて下さい」

「はい」

平八郎は微笑《ほほえ》んだ。

「さあ、こちらに……」

佐奈絵は長次に促され、傍らの路地の暗がりに消えた。

平八郎は寺の山門の陰に潜み、追手を待ち構えた。

音蔵を先頭にし、数人の仙台藩士が夜道を追って来た。

一人、二人、三人……。

追手は六人。

平八郎は、闇を透かして人数を確かめた。

音蔵を先頭にした追手は、平八郎と佐奈絵の姿が消えたのに戸惑い、一気に間隔を詰めて来たのだ。

平八郎は、追手の前に立ち塞がった。

音蔵と仙台藩士たちは抜刀し、平八郎に猛然と襲い掛かってきた。

平八郎は逃げもせず、逆に音蔵や仙台藩士たちに鋭く突っ込んだ。音蔵と仙台藩士たちは、怯みながらも平八郎に斬り付けた。

平八郎は躱しもせず、抜き打ちに刀を閃かせた。

鮮血が夜目にも鮮やかに飛び散り、額を斬られた藩士が崩れ落ちた。

平八郎の刀の速さは、藩士のものとは格段の差があった。

一人……。

平八郎は進んだ。

藩士たちは、平八郎に次々と斬り掛かった。

平八郎は刀を咬《か》み合わせず、藩士たちを一刀で斬り棄てた。

二人、三人……。

平八郎は、斬り付けてくる藩士をやはり一刀で倒した。

残るは三人……。

平八郎は、残った三人に迫った。

音蔵と配下の中間は、平八郎の強さに恐怖を抱いて身を翻して逃げた。

一人残された藩士は恐怖に震え、喚《わめ》きながら平八郎に突進した。

平八郎は、藩士の激しい突きを見切り、僅かに身を動かして躱し、刀を真っ向から斬り下げた。

刀が鋭い唸りをあげた。

藩士は苦しげに顔を歪めて仰《の》け反り、気を失って倒れた。

平八郎は苦笑し、刀を鞘に戻した。

藩士は、斬られてはいなかった。斬られたと思い込んで気を失い、倒れたのだ。

追手はこれだけではない。

児玉玄兵衛は、平八郎と佐奈絵の行く先がお愛の方のいる品川の下屋敷だと読み、待ち構えているのだ。

平八郎は夜の闇を揺らし、品川の仙台藩江戸下屋敷に急いだ。


長次と佐奈絵は、二本榎丁の寺町を抜けて薩摩《さつま》藩下屋敷前の道を右に曲がり、白金《しろかね》猿町《さるまち》に向かった。そして、白金猿町の本立寺《ほんりゅうじ》と寿昌寺《じゅしょうじ》の脇の道を入ると、お愛の方のいる仙台藩江戸下屋敷だった。

長次と佐奈絵は夜道を急いだ。

本立寺の山門が行く手に見えた。

長次は立ち止まった。

「長次さん……」

佐奈絵は、長次に怪訝な眼差しを向けた。

「何事もなく下屋敷に行けるはずはございません。ちょいとお待ち下さい」

長次は、佐奈絵を待たせて本立寺に忍び寄った。

本立寺の山門の陰に五人の武士が潜み、道筋を見張っていた。

長次は見届け、佐奈絵の許に戻った。

「如何でした」

佐奈絵は、心配げに眉をひそめた。

「侍が五人、見張っています」

「やはり……」

「おそらく裏門も見張られています。下手には動けません」

「どうしましょう」

「どうです。とりあえず飯でも食べますか」

「えっ……」

「晩飯、食べましたか」

長次は小さく笑った。

「いいえ。そういえばお昼も……」

佐奈絵は、忘れていた空腹を思い出し、微《かす》かに頬を染めた。

「じゃあ、とりあえず戻りましょう」

長次は、佐奈絵を連れて白金猿町の外れにある小さな蕎麦《そば》屋に向かった。


小さな蕎麦屋は年老いた夫婦が営んでおり、竈《かまど》の火を落とす寸前だった。

「父っつあん。後はあっしが借り切る。暖簾《のれん》を仕舞っちゃあくれないかな」

長次は、年老いた夫婦に一分金を握らせた。一分は四分の一両だ。老夫婦は頷き、暖簾を仕舞った。

長次と佐奈絵は窓辺に座り、蕎麦を四人前頼んで窓の外を窺った。そして、僅かな時が過ぎた頃、平八郎が窓の外をやって来た。

足取りから追われている様子はない……。

長次はそう判断し、平八郎を呼び止めた。

平八郎が座に着いた時、蕎麦が運ばれて来た。

「こいつは美味《うま》そうだ。四人前頼むとは、流石《さすが》は長次さんだ」

平八郎は、嬉しげに蕎麦を啜《すす》った。

佐奈絵も美味そうに蕎麦を食べ始めた。そこには、抱き続けてきた緊張から一瞬でも解き放たれた安らぎがあった。

平八郎と長次、そして佐奈絵は、見張りに気づかれず下屋敷に入る手立てを考えた。

南町奉行所は表門を閉じていた。

高村と伊佐吉は、平八郎か長次からの報せが入っているかどうかを確かめに、南町奉行所に戻って来た。

「旦那、親分……」

丈吉が表門の前に佇んでいた。

「丈吉じゃあないか……」

「へい。お帰りをお待ちしていました」

「どうした」

「平八郎の旦那と長次さん、品川の仙台藩の下屋敷に向かったそうですが、ご存知ですか」

「仙台藩の下屋敷だと……」

伊佐吉は眉をひそめた。

「はい」

「丈吉、そいつは間違いねえんだろうな」

「へい。花やの女将さんのお話です」

「旦那……」

「寺島さんの話じゃあ、品川にある仙台藩の下屋敷には、確か藩主の側室のお愛の方が暮らしていたな」

「ええ。お殿さまと弟君の宗秋さまの家督争いの噂には、そのお愛の方さまも絡んでいるかもしれないと仰っていましたね」

「よし。品川まで一っ走りするか」

品川といっても、下屋敷があるのは高輪南丁《たかなわみなみちょう》を西に入った処だ。数寄屋橋《すきやばし》御門の南町奉行所からは一里半弱であり、走れば半刻ほどで行けるはずだ。

「はい」

「よし。行くぞ」

高村は猛然と走り出した。伊佐吉と丈吉が続いた。

月明かりに土埃《つちぼこり》が舞い上がった。

仙台藩江戸下屋敷の大屋根は、月明かりに蒼《あお》白く輝いていた。

平八郎と長次は、佐奈絵を蕎麦屋に残して下屋敷の周囲を探った。

下屋敷の東西と南は田畑に囲まれている。

平八郎と長次は、田畑の中の道を進み、本立寺と寿昌寺の裏から下屋敷の東側に出た。

下屋敷の東側の塀際には細い道がある。

平八郎と長次は、長く細い道を透かし見た。

暗がりに黒装束の人影が潜んでいた。

「いますね」

長次は眉をひそめた。

「うん。一人……」

平八郎は、畑の中を進んで塀沿いの奥を窺った。

「その奥の裏門近くにもう一人……」

「南側と西側はどうですかね」

「ええ……」

平八郎と長次は、田畑の中を迂回して下屋敷の南側と西側に向かった。

夜風が吹き抜け、田畑の緑が揺れた。

蕎麦屋は明かりを消した。だが、裏手の納屋には明かりが灯っていた。

佐奈絵は燭台の明かりを受け、油紙の包みを縛る麻紐を解き始めた。

麻紐を解いた佐奈絵は、静かに油紙を広げた。中から袱紗《ふくさ》に包まれた切支丹の聖母像が現れた。

佐奈絵は、聖母像を立てて素早く十字を切って祈りを捧げた。

「マリアさま、お愛の方さまをお護り下さい」

佐奈絵は祈った。

「そして、蔵人さまと作造も無事でおりますように……」

佐奈絵は、深手を負って姿を隠した許婚の岩城蔵人と老下男の作造の無事を願った。

燭台の明かりが小さく揺れた。

佐奈絵は、聖母像を素早く袱紗に戻し、再び油紙に包んで麻紐で縛った。

聖母像は、何としてでもお愛の方さまに戻さなければならない……。

佐奈絵は、油紙で包んだ聖母像を懐の奥深くに仕舞った。

四

夜は更けた。

平八郎と長次は、下屋敷の南側の田畑に潜んで様子を窺った。

下屋敷の南側と西側に道はなく、広大な田畑が目黒《めぐろ》川を挟んで広がっている。

月明かりに浮かぶ田畑の緑が揺れ、人影が走った。

「長次さん……」

平八郎は、田畑を走る人影に気付いた。

人影は田畑を駆け抜け、南側の塀の暗がりに身を潜めた。人影は武士であり、右足を引きずっていた。

「何者ですかね」

「足を引きずっていますね」

平八郎と長次は、武士の動きを見守った。

武士は、鉤縄《かぎなわ》を塀に掛けて登ろうとした。

塀の傍の暗がりが揺れた。

「危ない……」

平八郎は思わず呟いた。

「えっ……」

長次は戸惑った。

次の瞬間、塀の傍の暗がりから黒装束の侍が現れ、鉤縄を登ろうとしていた武士に襲い掛かった。武士は、鉤縄から転げ落ちるように降り、田畑の緑に潜り込んだ。

黒装束の侍は、武士を追って田畑に飛び降りて刀を緑に突き刺し始めた。

「どうします」

長次は身を乗り出した。

「長次さんは、足を引きずる武士を頼みます」

平八郎は、田畑の中を猛然と黒装束の侍に突進した。

黒装束の侍は、平八郎に気付いて迎え撃つ体勢を整えた。

平八郎は、刀を閃かせながら黒装束の侍に襲い掛かった。

黒装束の侍は、平八郎の刀を横薙《よこな》ぎに弾いて素早く後退した。

平八郎は、間を置かずに尚も鋭く斬り付けた。黒装束の侍は後退を続けた。

長次が、田畑の緑に沈んでいた武士に駆け寄り、助け起こした。
武士は若く、脇腹に血を滲ませていた。
「しっかりしなせえ」
若い武士は苦しげに呻《うめ》いた。
長次は、若い武士に肩を貸して田畑を走った。
平八郎は、黒装束の侍に追い縋《すが》った。
黒装束の侍は、反転して平八郎に鋭く斬り付けてきた。
平八郎は、激しく切り結んだ。
夜空に刃が咬み合う音が鳴り、火花が散って焦《こ》げ臭さが漂った。
二人の黒装束の侍が、東側の塀と裏門の方から駆け寄って来た。
下屋敷に忍び込もうとした武士は、すでに長次が助けた。
今はこれまでだ……。
平八郎は、黒装束の侍の攻撃を見切り、下段からの一刀を鋭く放った。
黒装束の侍は、腹から胸を斬られて田畑の緑の中に仰向《あおむ》けに沈んだ。
平八郎は、田畑を南に向かって走った。
駆け付けた二人の黒装束の侍が、仲間の死を確認して平八郎を追った。

平八郎は、田畑から細い道に出て逃げた。
二人の黒装束の侍は、平八郎を追うのを諦めて戻った。
平八郎は、目黒川の流れの傍に下りて水を飲み、息を整えた。
目黒川の流れは月明かりに白く輝いていた。

納屋の板戸が小さく叩かれた。
佐奈絵は懐剣を握り、板戸の傍に寄った。
板戸が再び叩かれた。
「誰です……」
佐奈絵は、緊張に声を嗄《か》らした。
「あっしです」
長次が囁いた。
佐奈絵は素早く板戸を開けた。
長次が、気を失った若い武士を抱きかかえて入って来た。
佐奈絵は、驚きながらも素早く板戸を閉めた。
長次は、若い武士を筵の上に寝かせた。

「蔵人さま……」

佐奈絵は、若い武士を見て驚いた。

「ご存知の方ですか」

長次は眉をひそめた。

「はい。仙台藩の藩士で目付の岩城蔵人さまです」

「岩城蔵人さま……」

「そして、私の許婚です」

「佐奈絵さまの許婚……」

長次は驚いた。

「はい……」

「そうでしたか。とにかく傷の手当てをしましょう。蕎麦屋の父っつあんに薬を貰い、水を汲《く》んできます」

長次は、手桶を持って納屋を出て行った。

「蔵人さま、蔵人さま……」

佐奈絵は、蔵人に呼び掛けた。

蔵人は微かに呻き、眼を覚ました。

「蔵人さま……」

佐奈絵の眼に涙が滲んだ。

「佐奈絵どの……」

蔵人は、佐奈絵を認めて苦しげに微笑んだ。


長次は、蕎麦屋の父っつあんから薬を貰い、井戸端で水を汲んだ。

平八郎が戻って来た。

「ご無事でしたか……」

長次は笑った。

「どうにかね。で、あの武士は……」

「そいつが驚きましたよ。あのお侍……」

長次は、助けた若い武士が、仙台藩の目付で佐奈絵の許婚だったと教えた。

「へえ。佐奈絵さんの許婚ねえ……」

平八郎は驚いた。

燭台の明かりは仄《ほの》かに辺りを照らしている。

平八郎たちは、蔵人の太股の古傷と脇腹の新たな傷の手当てを終えた。

「命をお助け戴いた上に手当てまでして戴き、お礼の申しあげようもございませぬ」

蔵人は、平八郎と長次に深々と頭を下げた。

「いえ。浅手で何よりでした」

「まことに……」

佐奈絵は安堵《あんど》の色を見せた。

「それより佐奈絵どの、例の品物は……」

蔵人は眉をひそめた。

「矢吹さまや長次さんのお蔭で無事に……」

佐奈絵は自分の胸元を示した。

「良かった」

「はい。一刻も早くお愛の方さまのお手元にお返ししなければなりませぬ」

「うむ。だが、下屋敷の周りは、宗秋さま側近の児玉玄兵衛の配下と黒脛巾組が固め、佐奈絵どのが例の品物を持って来るのを待ち構えている……」

蔵人は苦しげに眉根を寄せた。

「岩城さん、黒脛巾組とは……」

平八郎と長次は、黒装束の侍たちを思い浮かべた。

「戦国の世から続く藩の忍びの者共ですが、その力もすでに失せ、今や児玉の飼い犬です」

蔵人は、悔しさを浮かべた。

「黒脛巾組ですか……」

「はい」

「ところでお愛の方さまにお返しする品物とは、私が入谷の真龍寺に届けた物ですね」

平八郎は尋ねた。

「は、はい……」

佐奈絵は、微かなうろたえを滲ませた。

「それは一体、何ですか」

「それは……」

佐奈絵は言葉に詰まった。

「その品物の為、何人もの人が争い、死んで行きました。今も私は、岩城さんを襲った黒脛巾組の者を斬り棄てました。口入屋に一分の給金で雇われた私が、役目を果たす為に人を斬ったのです。叶うならば、その理由を知りたい」

平八郎は、佐奈絵と蔵人を見据えた。

佐奈絵は項垂れた。

「矢吹どののお言葉、もっともです」

蔵人は覚悟を決めた。

「矢吹どの、長次さん。品物はお愛の方さまの信仰に関わる物です」

蔵人は、平八郎と長次を見据えて答えた。

「信仰に関わる物……」

平八郎は眉をひそめた。

「はい」

蔵人と佐奈絵は頷いた。

お愛の方は切支丹の信者……。

平八郎の直感が囁いた。

切支丹は御禁制の宗教であり、お愛の方が信者だと公儀に知れれば只では済まない。

藩主・宗義は勿論、伊達藩も厳しいお咎《とが》めを受けるのだ。宗秋は、お愛の方の許から信者の証拠の品を黒脛巾組に盗ませた。そして、お愛の方が切支丹の信者だと公儀に報せられたくなければ、藩主の座を譲るように兄の宗義に要求した。

目付の蔵人は、宗秋の企てを逸早く見抜いて証拠の品を奪い返した。だがその時、蔵人は太股に深手を負った。蔵人は、口入屋『萬屋』万吉に、入谷の真龍寺で待っている佐奈絵に届けるように頼んだ。『萬屋』の万吉は、佐奈絵の家の奉公人の作造と古い知り合いであり、いざという場合に備えていたのだ。

「岩城さんがもしもの時には、矢吹平八郎って若い浪人さんが届ける」

万吉は、作造にそう約束していた。

狸親父め……。

平八郎は苦笑するしかなかった。

「さあて長次さん。私は一介の素浪人。誰が何を信心しようが関わりないが……」

平八郎は長次を窺った。

長次は、南町奉行所同心の高村源吾から十手を預っている身だ。切支丹を見逃す訳にはいかない。

「平八郎さん、これ以上の詮索は無用ですよ」

「長次さん」

「あっしは、お愛の方さまが何に手を合わせているか知りませんし、知りたくもございません。荒れ寺とはいえ、真龍寺に火を付けた野郎をお縄にするだけです。どうぞご安心下さい」

長次は笑みを浮かべた。

「長次さん……」

佐奈絵は、長次に感謝の眼差しを向けた。

「かたじけない。この通りです」

蔵人は、長次に手を突いて頭を下げた。

「残るは、佐奈絵さんをどうやって下屋敷に帰すかです」

平八郎は笑みを消し、その顔を厳しく引き締めた。

燭台の明かりが不安げに瞬《またた》いた。


蔵人と佐奈絵たちは、下屋敷の近くに潜んでいる。

児玉玄兵衛は、手塚清之助たち配下に下屋敷の警戒を厳しくさせ、黒脛巾組の者たちに周辺の探索を急がせた。

黒脛巾組の忍びは、腹から胸にかけて斬りあげられていた。

下段からの一太刀……。

恐ろしい程の手練《てだれ》だ。

児玉は、佐奈絵と一緒にいる浪人の凄まじさを思い知らされた。

おのれ、何者なのか……。

児玉は焦り、苛立った。


白金猿町の夜は静かに続いていた。

高村は、伊佐吉と丈吉を従えて白金猿町に着いた。

猿町の奥に本立寺と寿昌寺が並び、仙台藩江戸下屋敷がある。

高村は立ち止まり、激しく弾む息を整えた。伊佐吉と丈吉も高村に倣《なら》った。弾んだ息は次第に治まり、静寂が覆い被さってきた。

「旦那……」

伊佐吉が囁いた。

「うん。誰かが見張っていやがる」

高村は、姿勢を崩さず囁き返した。

「はい……」

高村と伊佐吉は、白金猿町の静けさの中に潜んでいる鋭い視線に気付いた。鋭い視線は、通りの奥にまで続いている。

「この様子だと無事のようですね」

平八郎たちを始末していたら、警戒はすでに解いているはずだ。

「ああ。間違いあるまい」

高村と伊佐吉は、平八郎たちの無事を確信した。

「しかし、無事は無事でも下屋敷に近づけず、何処かに潜んでいるんだろう」

高村は、平八郎たちの状況を読んだ。

「どうします」

伊佐吉は心配げに眉をひそめた。

「伊佐吉、ここは朱引きの内だ。町奉行所の同心が尻尾を巻くわけにはいかねえぜ」

高村は苦く笑った。

〝朱引き〟とは、江戸町奉行所の管轄を示すものである。

「よし。江戸者の面白さを見せてやろうじゃねえか。丈吉」

「へい」

「着いたばかりで気の毒だが、高輪に一っ走りしてくれ」

「合点です」

高村は、丈吉に何事かを指示した。丈吉は頷き、高輪に向かって猛然と走り去った。

「伊佐吉、じゃあ下屋敷まで行ってみようじゃあねえか」

「お供しますぜ」

高村と伊佐吉は、白金猿町の通りを進んだ。

左右に連なる家並みの暗がりや物陰からは、見張る視線が投げ掛けられた。

高村と伊佐吉は油断なく進んだ。

見張りの気配は、連なる家並みから消える事はなかった。

長次は路地の暗がりに潜み、通りの様子を窺っていた。

このままじゃあ埒《らち》が明かない……。

長次は焦りを覚えた。

通りを二人の男がやって来た。一人は着流しに巻羽織、もう一人は羽織を着た町方の男だった。

同心と岡っ引だ……。

長次は、夜の闇に眼を凝《こ》らした。

同心は高村であり、町方の男は伊佐吉だった。二人は見張りの視線を浴び、ゆったりとした足取りで来た。

高村の旦那と親分……。

長次は二人に接触しようした。だが、下手な接触をすれば見張りの者たちに知れ、平八郎たちの処に戻るのが難しくなる。

長次は苛立ちながらも、二人と接触する手立てを探した。そして、佐奈絵たちが隠れている蕎麦屋の納屋に、夜鳴蕎麦の屋台が置かれていたのを思い出した。


見張りの気配は、仙台藩江戸下屋敷まで続いていた。

「こいつは下手に動けませんや」

伊佐吉は吐き棄てた。

「ああ。そして、本立寺の境内が本陣らしいぜ」

高村は、本立寺に潜む人影や只ならぬ気配を敏感に察知していた。

「下屋敷を訪ねてみますか」

「いや。ここは無理押しするより、丈吉が戻って来るのを待つべきだろう」

高村と伊佐吉は来た道を戻った。

見張りの視線の緊張が一斉に緩んだ。

夜鳴蕎麦の屋台は埃《ほこり》まみれだった。

「長次さん、そんな物をどうするんだ」

屋台は、蕎麦屋の老主人が若い頃に使っていた物なのだ。

「平八郎さん、高村の旦那と伊佐吉親分が来ていましてね。こいつで見張りの眼を誤魔化すんですよ」

長次は屋台の埃を払い、水を汲んで七輪に火を熾《おこ》した。

高村と伊佐吉は、白金猿町の町辻で丈吉の戻って来るのを待っていた。

見張りの視線は、すべてが消える事はなかった。

明かりが揺れながら近づいて来た。

高村と伊佐吉は眼を凝らした。

揺れる明かりは、夜鳴蕎麦の屋台の火入行燈《あんどん》だった。

「夜鳴蕎麦屋か……」

伊佐吉が呟いた時、高村の腹の虫が鳴いた。

「そういえば、晩飯食っていなかったな」

高村は、夜鳴蕎麦屋を呼び止めた。

「おい。蕎麦をくれ」

「へい。只今」

町辻に屋台を下ろした夜鳴蕎麦屋は長次だった。

「長さん……」

伊佐吉は眼を瞠《みは》った。

長次は笑った。

「良く来てくれましたね、親分、旦那」

「その様子じゃあ、身動き取れないようだな」

「はい。それで夜鳴蕎麦屋を始めたってわけでしてね。平八郎さんたちは、この先の蕎麦屋の納屋に隠れています」

長次は、笑いながら湯を沸かし始めた。

「それで、どうなっているんだい」

高村と伊佐吉は、身を乗り出した。

長次は、蕎麦を作りながら事の顚末《てんまつ》を手短に話した。

「そのお愛の方さまに戻す品物、何なんだい」

高村は眉をひそめた。

「さあ、そいつはあっしも存じません」

長次は惚《とぼ》けた。

「長さん……」

伊佐吉は戸惑った。

「ま、いいじゃあねえか、伊佐吉親分。平八郎さんと長次のしている事だ。それより蕎麦はまだかい」

高村は笑った。

「へい。お待ち……」

長次は、湯気の立ち昇る蕎麦を出した。

「こいつは美味《うま》そうだ」

「美味そうなのは見た目だけです。食べたら腹痛を起こすかもしれませんぜ」

長次は小さく笑った。

「そいつは大変だ……」

高村と伊佐吉は苦笑した。

「長次、あと四半刻もしたら通りが明るくなる。明るくなりゃあ見張っている奴らも迂闊《うかつ》に手出しは出来ねえはずだ。下屋敷に行くのならその時しかあるまい」

高村は、苦笑を消して真顔になった。

「分かりました」

長次は頷いた。

「四半刻後か……」

平八郎の眼が鋭く輝いた。

「ええ。通りが明るくなり、見張りも手が出せないだろうと、高村の旦那が……」

「その時、下屋敷に駆け込むか……。岩城さん、佐奈絵さん、聞いての通りです」

「でも、南町奉行所のお役人なら……」

佐奈絵は怯えた。

「佐奈絵どの、私は矢吹どのと長次さんを信用するよ」

蔵人は、佐奈絵に言い聞かせた。

「分かりました……」

佐奈絵は頷いた。

駆け寄って来る男たちの足音が、夜道に響いた。

「旦那……」

伊佐吉は、足音のする夜道を透かし見た。

「来たようだな」

高村は振り向いた。

夜空に〝火消三番組〟の高張提灯《ちょうちん》が浮かび、威勢良く近づいて来た。

火消三番組は、〝あ・さ・き・ゆ・み組〟などからなり、目黒から白金、高輪、芝《しば》金杉《かなすぎ》までを持ち場としていた。

高村は、三番組の元締・辰五郎《たつごろう》と親しかった。元締の辰五郎と四十人ほどの火消人足たちが、丈吉に案内されてやって来たのだ。

「旦那……」

「ご苦労だった丈吉」

「へい」

「元締、わざわざ済まないな」

高村は、辰五郎に礼を述べた。

「お久し振りです、高村の旦那。ここのところ、火事もなくて力を持て余していたところでさあ。何なりと……」

「うん……」

高村は、辰五郎にやって欲しい事を教えた。


火消人足たちが提灯や龕灯《がんどう》を手にし、古く小さな蕎麦屋の店先から仙台藩江戸下屋敷までの道の両側に並んだ。

通りは明るく賑やかになり、住んでいる者たちが怪訝な面持ちで出て来た。

潜んでいた見張りは、連なる家並みの物陰や暗がりから消えるしかなかった。

平八郎と長次は、蔵人と佐奈絵を連れて火消人足たちの間に紛れ込んだ。

伊佐吉と丈吉が迎えた。

「良く来てくれたな親分、丈吉」

「へい」

「相変わらず、揉め事に巻き込まれ易い質《たち》ですね」

伊佐吉は苦笑した。

「行くぜ」

高村と先頭にいた元締の辰五郎が、威勢良く怒鳴った。

提灯や龕灯を持った火消人足たちが呼応し、明かりが激しく揺れた。

高張提灯を左右に掲げ、火消人足たちは仙台藩江戸下屋敷に向かって動き出した。


児玉玄兵衛は、明るい火消人足の一団を成す術《すべ》もなく見守った。

「おのれ、何の騒ぎだ」

児玉は、火消人足たちに苛立った。火消人足たちの明るさは、暗がりに忍んで見張る者たちを浮かび上がらせ無意味なものとした。

「児玉さま……」

手塚清之助が駆け寄って来た。

「どうした」

「佐奈絵と岩城が火消人足の中に……」

「なんだと」

児玉は驚いた。

このままでは、佐奈絵は下屋敷に逃げ込み、切支丹の証拠の品はお愛の方の手に戻る。

「止めろ。火消人足を止めろ」

児玉は慌てた。

「先頭に火消の元締と町奉行所の同心がいます。止めると何が起こるか……」

手塚は躊躇った。

「町奉行所の同心……」

児玉は、火消人足たちの騒ぎが仕組まれたものだと知った。

火消人足たちは、威勢の良い雄叫《おたけ》びをあげて本立寺と寿昌寺の前を駆け抜け、仙台藩江戸下屋敷への道に入った。

長次と丈吉が蔵人に肩を貸し、佐奈絵が続いた。平八郎は、油断なく周囲を警戒して殿《しんがり》を走った。

仙台藩江戸下屋敷の表門が近づいた。

伊佐吉が高村に並んだ。

「どうします」

「このまま進む。表門を開けさせろ」

「承知」

伊佐吉は先行した。

下屋敷の潜り戸から藩士と中間たちが、戸惑った面持ちで現れた。中間たちの中に、口入屋『萬屋』万吉と下男の作造がいた。

「万吉っつあん、佐奈絵さまが来た。表門を開けろ」

伊佐吉が怒鳴った。

万吉と作造は、中間たちと慌てて門内に入り、表門を開けた。

門扉が音を響かせて開いた。

伊佐吉が駆け込み、高村と辰五郎が続いた。そして、火消人足が明かりを振り立てて雪崩《なだ》れ込んだ。

「門を閉めろ」

伊佐吉は、万吉や作造たちと表門を閉めた。

門扉は鈍い音を鳴らして閉まった。

闇が垂れ込め、夜の静寂が辺りを覆った。

児玉は、呆然と立ち尽くした。

下屋敷の前庭は明るく賑わった。

お愛の方が、侍女を伴って式台に現れた。

「お方さま……」

火消人足の中から佐奈絵が飛び出し、蔵人が続いた。

「佐奈絵、岩城どの……」

お愛の方は、佐奈絵と蔵人を迎えた。

「お方さま、これを……」

佐奈絵は、油紙で包んだ聖母像をお愛の方に差し出した。お愛の方は、小さく十字を切り、油紙の包みを受け取った。

「ご苦労でした」

お愛の方は佐奈絵をねぎらった。

「お方さま、お力添えをして下さった方々にお言葉を……」

蔵人は促した。

「みなさま、大変お世話になりました。この通り、お礼申しあげます」

お愛の方は、火消人足たちに深々と頭を下げた。火消人足たちは、思わず頭を下げて応じた。

「岩城どの、みなさまにお酒を……」

「心得ました」

お愛の方は、聖母像の入った油紙の包みを持って奥に入った。侍女たちと藩士たちが続いた。

平八郎と高村は、火消人足たちの背後で成り行きを見守っていた。伊佐吉、長次、丈吉が傍にいた。

「何はともあれ助かりました」

平八郎は高村に頭を下げた。

「見たかい。お方さまが包みを受け取った時、何をしたか……」

高村は小さな笑みを浮かべた。

「高村さん……」

平八郎は眉をひそめた。

伊佐吉、長次、丈吉が、張り詰めた面持ちで見守った。

火消人足たちの笑い声があがった。

「さあ、お方さまの下されものだ。やってくれ」

蔵人が、元締の辰五郎を始めとした火消人足に樽酒を振舞っていた。

「旦那たちもどうぞ」

万吉と作造が茶碗酒を持って来て、高村と平八郎、そして伊佐吉、長次、丈吉に渡した。

「こいつはありがてえ」

高村は、嬉しげに茶碗酒を飲んだ。

「高村さん……」

「残念ながら俺は何も見なかったよ」

高村は苦く笑った。

「かたじけない」

平八郎は、思わず頭を下げた。

「止してくれ。お前さんに礼を云われる筋合いじゃあない。なあ、伊佐吉」

「はい」

伊佐吉は頷いた。

高村は酒を飲んだ。

「ああ、美味い……」

伊佐吉、長次、丈吉は、安心したように酒を飲んだ。

平八郎も酒を飲んだ。

「平八郎さん……」

口入屋『萬屋』万吉が背後にいた。

「やあ、親父。どうにか仕事は終わったよ」

平八郎は、おりんの言葉を思い出した。

「親父、今日の仕事、一分じゃあ安いな」

「それはそれは。では、これから朝までの用心棒代としてもう一分。如何ですか」

万吉は、平八郎に朝まで用心棒を一分で務めろと云ってきた。

「一分……」

平八郎の脳裏《のうり》に、おりんの腹立たしげな顔が浮かんだ。

「安い」

「では二分……」

「もう一声」

「ならば三分……」

三分なら朝の一分と合わせて一両になる。

「よし。決まった」

平八郎は、脳裏に浮かぶおりんの顔を打ち消し、引き受けた。

半刻が過ぎた。

高村は伊佐吉と丈吉を従え、火消三番組の元締・辰五郎たちと引き上げた。長次は、平八郎と共に下屋敷に残った。

佐奈絵と岩城蔵人は、平八郎と長次をお愛の方に引き合わせた。

お愛の方は、平八郎と長次に丁寧な礼を述べ、その苦労をねぎらった。

「何もかも、平八郎さまと長次さんのお蔭にございます」

佐奈絵は許婚の岩城蔵人と、平八郎と長次に深々と頭を下げた。


夜が更けた。

お愛の方は、佐奈絵たち侍女と蔵人たちに護られていた。

平八郎と長次は、下屋敷内の警戒に就いていた。

「それにしても分からないのは、万吉の親父が肩入れをするわけですよ」

「あれ、お気付きじゃあないんですか」

長次は苦笑した。

「長次さん、知っているんですか」

「平八郎さん。万吉の親父と作造さん、ありゃあ兄弟ですよ」

「兄弟……」

「ええ、良く似た顔をしているじゃありませんか」

狸面の万吉と馬面の作造……。

「似ているかな……」

平八郎は首を捻った。

「ええ。そっくりですよ」

「そうかな……」

平八郎が見れば似ていないが、長次から見れば瓜《うり》二つなのかも知れない。そして、もし二人が兄弟ならば、万吉が肩入れするのは納得出来る。

「そうか兄弟か……」

平八郎は納得しようとした。

前庭に微かな物音がした。

「長次さん……」

平八郎は身構えた。

「平八郎さん……」

「奴らが来たようです。岩城さんに油断せぬように伝えて下さい」

「平八郎さんは……」

「決着をつけます」

平八郎は微笑んだ。


前庭に人影はなかった。

平八郎は、式台を静かに降りて前庭に進んだ。

闇が揺れ、風が巻いた。

黒装束の黒脛巾組が二人、平八郎に左右から襲い掛かってきた。

平八郎は、腰を僅かに沈めて刀を閃かせた。

黒装束の二人は、悲鳴をあげる暇もなく倒れた。

「児玉玄兵衛はいるか……」

平八郎は闇に問い質《ただ》した。

児玉玄兵衛が手塚清之助を従え、植え込みの陰から現れた。

「おのれ、何者だ」

児玉の顔には怒気が満ち溢れ、その身体は小刻みに震えていた。

「素浪人、矢吹平八郎……」

「その素浪人が何故邪魔をする」

「仕事だからだ」

「仕事……」

「左様、口入屋から周旋された仕事だ」

平八郎は苦笑した。

「食い詰め浪人が……」

児玉は吐き棄てた。

「児玉、事はすでに南町奉行所の同心の知るところだ。藩主の弱味は藩の弱味。これ以上の騒ぎは、藩を窮地に陥《おとしい》れると覚悟致せ」

「なに……」

児玉は困惑した。

「児玉さま……」

手塚の顔色が変わった。

「藩が取り潰されれば、何もかも虚《むな》しく消え去るのみ。それでも良いのか」

平八郎は厳しく告げた。

事が公儀の知るところとなれば、藩主の座どころではないのだ。

「児玉さま、最早これまでかと存じます」

手塚は、児玉を諫《いさ》めた。

「おのれ……」

児玉は、無念さに顔を醜く歪めた。

騒ぎは終わった。

夜風が静かに吹き抜けた。


旅人が行き交う東海道を、平八郎と長次は江戸に向かっていた。

平八郎は、立ち止まると右手に広がる袖《そで》ケ浦《うら》を眼を細めて眺めた。

人は誰しも、己の命を懸けるものを持っている。おそらく宗教もその一つなのだ。

平八郎は潮風に吹かれた。

自分にとってそれは何なのか……。

平八郎は分からなかった。

袖ケ浦の海は何処までも蒼く、眩しく煌めいていた。

第二話　笑う女

一

石積人足の仕事はきつかった。

平八郎は井戸端で水を被って汗を流し、石積人足の仕事で得た僅《わず》かな給金を握り締めて『花や』に急いだ。

『花や』は神田明神門前にある居酒屋であり、平八郎の行きつけの店だった。

暮六つ（午後六時）を過ぎた明神下の通りは、仕事帰りの職人やお店者が行き交っていた。

居酒屋『花や』の表は綺麗に掃除され、戸口に盛り塩がされていた。女将のおりんの仕事だ。女将のおりんは、『花や』の主で板前の貞吉の一人娘だった。

平八郎は、戸を開けて『花や』に入った。

『花や』には、仕事帰りの職人や人足などの馴染み客がすでに酒を飲んでいた。

「いらっしゃい」

女将のおりんが迎えた。

「やあ。酒と何か食い物を……」

「お父っつあんのお勧めでいい」

「うん」

酒はすぐに運ばれて来た。

平八郎は、おりんの酌で酒を飲んだ。酒は石積仕事で疲れた五体に染み渡った。

「ああ、美味い……」

「お酒、不味《まず》い日はないんでしょう」

おりんは苦笑し、板場に戻って行った。

平八郎は、手酌で酒を飲んだ。

貞吉お勧めの鯉の味噌煮と筍《たけのこ》の付け焼きは旨かった。

平八郎は酒を飲んだ。

時が過ぎた。

南町奉行所定町廻り同心の高村源吾が、眼の前に座った。

「やあ、高村さん……」

高村は、おりんに酒を頼んだ。

「何か用ですか……」

平八郎は、高村を怪訝に見つめた。

「ま、飲もう」

「はい……」

高村は、運ばれて来た酒を平八郎の猪口《ちょこ》に満たし、手酌で飲んだ。

「本所竪川《ほんじょたてかわ》二ツ目之橋の橋桁《はしげた》に浪人の死体が引っ掛かってね」

「浪人、斬られていたんですか……」

平八郎は眉をひそめた。

「ああ。袈裟《けさ》懸《が》けの一太刀。鮮やかなもんだ」

「何者の仕業ですか」

「そいつはまだだ。それより、五日前にも三ツ目之橋で浪人の死体があがってね」

高村は酒を飲んだ。

「そいつも袈裟懸けの一太刀ですか……」

「同じ野郎の仕業だよ」

「五日の間に浪人が二人、袈裟懸けの一太刀で殺され、竪川に浮かびましたか……」

平八郎は酒を啜った。

「ああ……」

「辻斬りですかね」

「実はね、平八郎さん。本所じゃあ浪人が殺されているだけじゃあなく、行方《ゆくえ》知れずになっている浪人もいるんだよ」

「行方知れず……」

平八郎は、手酌の手を止めた。

「うん。斬られた者も行方知れずの者も、家族のいない一人暮らしの浪人でね。詳しい事情は分からないんだが……」

「勾引《かどわかし》でもあるまいし、妙ですね」

平八郎は首を捻った。

「妙だろう」

高村は頷き、平八郎に酒を酌した。

「こいつはどうも……」

平八郎は、不吉な予感に襲われた。

「そこでだ、平八郎さん」

高村の声音が変わった。

「はい」

平八郎は、思わず身を引き締めた。

「ちょいと手伝って貰いたい」

「手伝う……」

「ああ。勿論、給金は払う」

高村は一両小判を差し出した。

「一両も……」

平八郎は眼を丸くした。

「手伝って貰えば昼も夜もないし、何日掛かるかも分からない。それに……まあ、いい」

高村は、途中で言葉を濁して酒を飲んだ。

「それに、何ですか……」

平八郎は、高村に厳しい眼差しを向けた。

「う、うん。何でもないさ」

「幾らなんでも、一両は安いでしょう。私の命……」

浪人が狙われている事件を手伝う。それは危険が伴う役目を務める事に他ならない。下手をすれば、本所竪川に浮かぶ三人目の浪人になるかもしれないのだ。

平八郎は苦笑した。

「まあ、おぬしの腕なら心配あるまい」

高村は、誤魔化すように酒を呷《あお》った。

「私の役目は囮《おとり》ですか……」

平八郎は、高村の顔を覗き込んだ。

「う、うん。まあ、そんなところかな」

いつもの高村とは思えない煮え切らなさだ。

高村の煮え切らなさは、危ない役目だと教えている。

「で、どうする。手伝ってくれるのか……」

高村は、心配げな眼を平八郎に向けた。

「そうですねえ……」

平八郎は手酌で酒を飲んだ。

「頼む。手伝ってくれ。この通りだ」

高村は、飯台に手を突いて頭を下げた。

周囲の客たちが、好奇な眼を向けて囁《ささや》きあった。

平八郎はうろたえた。

「高村さん、頭をあげて下さい」

「この通りだ。頼む、平八郎どの」

高村は、一両小判を差し出して頭を下げ続けた。

「どうしたんです」

おりんは眉をひそめた。

説明出来る話ではない……。

平八郎は焦った。

高村は頭を下げたままだ。

おりんや客は好奇の眼で囁きあった。

「分かりました。手伝います」

平八郎は引き受けた。

「そうか。手伝ってくれるか、かたじけない」

高村は喜び、平八郎の猪口に酒を満たした。

「まあ、飲んでくれ。おりん、酒だ。酒を持って来てくれ」

高村は、賑やかに酒を注文した。

なるようになる……。

平八郎は、飯台の上の小判を懐に入れて酒を飲んだ。

居酒屋『花や』の夜は賑やかに続いた。

本所竪川に死体で浮かんだ二人の浪人と行方知れずの浪人が一人……。

高村と伊佐吉たちは、三人に関わりがあるかどうかを調べていた。

本所南割下水《みなみわりげすい》三笠町《みかさちょう》の長屋に住む武州《ぶしゅう》浪人。

新辻橋《しんつじばし》傍の柳原町《やなぎわらまち》の長屋で暮らす越後浪人。

竪川に死体で浮いた二人の浪人は、それぞれ別の長屋で暮らしており、生まれ故郷も違った。行方知れずの浪人も、通う口入屋や剣術道場、飲み屋も別だった。

三人の浪人に共通するものや、関わりは何もなかった。

平八郎は高村や伊佐吉たちと相談し、本所回向院《えこういん》傍の松坂町《まつざかちょう》の裏長屋の空き家を借りて暮らしてみることにした。

裏長屋の空き家を借りるのには、高村が大家と話をつけた。

平八郎は裏長屋で暮らし、長次が助っ人をする事になった。

三人の浪人たちは、それぞれ行きつけの飲み屋や飯屋を持っていた。

平八郎は、そうした店を一軒一軒巡り歩いた。だが、特に気になる飲み屋や飯屋もなく、三人の関わりは何も浮かばなかった。

平八郎が、本所松坂町の裏長屋で暮らし始めて五日が過ぎた。

平八郎は、竪川二ツ目之橋に死体で浮かんだ浪人・北原弥太郎《きたはらやたろう》が通っていた飲み屋『お多福《たふく》』を訪れ、酒を飲んでいた。

飲み屋『お多福』は、竪川沿いにある小さな古い店であり、おしまとおよしという姉妹が営《いとな》んでいた。『お多福』は元々おしま・およし姉妹の父親が営んでいた。そして、父親の死後、おしまとおよし姉妹が後を継《つ》いだ。

平八郎は、『お多福』の片隅に座って酒と野菜の煮物を頼んだ。

「はい。お姉ちゃん、お酒とおいもの煮っ転がし」

およしは、板場にいた姉のおしまに平八郎の注文を通した。

「はい」

おしまの返事が、板場から包丁を使う音と一緒に返ってきた。

客は煙草屋の隠居や荒物屋の亭主がいた。

「おまちどおさま」

およしは、酒と里芋の煮っ転がしを持って来て、平八郎に酌をした。

「どうぞ」

「かたじけない……」

平八郎は、およしが注いでくれた酒を飲んだ。

「浪人さん、松坂町に住んでいるんですね」

「そうだが……」

何故、知っているのだ……。

平八郎は、怪訝におよしを見つめた。

「昨日、両国にお使いに行った帰りに見掛けたんですよ」

およしは笑った。

「そうか、明神下から越して来たばかりでな。矢吹平八郎だ」

「私はおよし、お姉ちゃんはおしま。これからもご贔屓《ひいき》に……」

「こっちこそ、よろしく頼む」

姉のおしまは二十七、八歳であり、妹のおよしは十六、七歳だった。

隠居や荒物屋の亭主は、時々言葉を交《か》わしながら酒を飲んでいた。

静かな時が流れた。

袈裟懸けに斬られて死んだ北原弥太郎もこうした時を過ごしていた。

平八郎は、北原弥太郎に思いを馳《は》せた。だが、すでに忘れられたのか、『お多福』

で北原弥太郎の話題が出る事はなかった。

平八郎は酒を飲んだ。

やがて、御隠居が帰り、荒物屋の亭主も引き上げた。

平八郎一人が『お多福』に残った。

「矢吹の旦那、仕事は何をされているんですか」

およしは、子供っぽい笑顔を平八郎に向けた。

「剣術道場の雇われ師範代だよ」

平八郎は、口入屋で仕事を探すその日暮らしを誤魔化した。

「じゃあ、強いんだ」

およしは、大きな眼を輝かせた。

「それ程でもないが、まあまあだろう」

平八郎は苦笑した。そして、板場の暖簾《のれん》の陰におしまが佇《たたず》んでいるのに気付いた。

おしまは話を聞いている……。

話を聞きたければ店に出てくればいいのに、隠れるようにして聞いている。

微《かす》かな戸惑いと疑惑が、平八郎に湧《わ》いた。

「斬り合い、した事があるんですか……」

およしの質問は続いた。

「何度かな……」

平八郎は手酌で酒を飲んだ。

「じゃあ、勝って来たんだ」

およしは声を弾ませた。

「まあな……」

平八郎は言葉を濁した。

「およし、いい加減にしなさい」

おしまが、板場の暖簾を潜《くぐ》って出て来た。

「矢吹の旦那、お困りですよ」

おしまは、物静かにおよしを窘《たしな》めた。

「いや、別に……」

平八郎は戸惑った。

およしは、脹《ふく》れっ面《つら》をして板場に入った。

「ごめんなさい。人を斬った事を面白おかしく話せるわけないのに。どうぞ……」

おしまは歳相応の気遣いを見せ、平八郎の猪口に酒を満たした。

平八郎は酒を飲んだ。

竪川を行く船の櫓《ろ》の軋《きし》みが響いた。

「う、うん……」

腰高障子が小さく叩かれた。

「誰かな」

平八郎は、残り飯に味噌汁を掛けた朝飯を啜る手を止めた。

「あっしです」

長次の声がした。

「開いてます。どうぞ……」

「御免なすって……」

長次が、腰高障子を開けて入って来た。

「どうしました」

平八郎は朝飯を啜り終えた。

「行方知れずになっていた浪人が、業平橋《なりひらばし》の下にあがりましたよ」

「行方知れずの浪人が……」

平八郎は眉をひそめた。

「ええ」

「分かりました」

平八郎は刀を取って立ち上がった。


本所・深川《ふかがわ》には、竪川、小名木川《おなぎがわ》、仙台堀などが西の大川《おおかわ》から東に続いており、南北に横川《よこかわ》、横十間堀《よこじっけんぼり》などが横切っている。その横川に業平橋は架《か》かっていた。

浪人の斬殺死体は、すでに横川から引き上げられ、近くの寺に運ばれていた。

「やはり、袈裟懸けの一太刀ですか……」

平八郎は、死体を検《あらた》めていた高村に尋ねた。

「ああ。見てみな。鮮やかなもんだぜ」

高村は、平八郎に場所を譲った。

浪人は、左胸から右腹に掛けて一太刀で斬られ、横川で洗われた傷口は綺麗なものだった。

「見事な腕ですね」

平八郎は感心した。

「ああ。だからお前さんにお出まし願ったんだぜ」

「こいつは私でもどうですか……」

平八郎は眉をひそめた。

「おいおい、頼りにしているんだぜ」

高村は、平八郎の肩を叩いた。

「それで、今まで何処にいたのか分かったんですか」

「そいつなんだが、着物に松脂《まつやに》や木の屑《くず》が付いていてね」

「木置場ですか……」

深川には、掘割が縦横に走る広大な木置場があり、人足たちが休息したり、道具を仕舞っておく小屋が幾つかある。その何処かの小屋に閉じ込められていたのかも知れない。

「ああ。伊佐吉たちが行っている」

「長次さん、私たちも行ってみましょう」

「ええ……」

平八郎と長次は、横川沿いの道を深川の木置場に急いだ。

深川の木置場には木々の香りが漂っていた。

伊佐吉と亀吉は、木置場の番人の案内で小屋を調べ歩いた。木置場の奥の小屋の裏手に僅かな血痕《けっこん》があった。

「親分、血ですよ」

亀吉は眉をひそめた。

「うん。小屋の中を調べてみよう」

伊佐吉と亀吉は、小屋の中に入った。

小屋の中には、斬られた縄と飯粒のついた笹の葉や水の入った竹筒などが残されていた。

「どうやら、ここに閉じ込められていたようだな」

「はい」

「この小屋、普段はどうなっているんだい」

伊佐吉は、番人に訊いた。

「ここの堀は余り使われていないから、この小屋も使われていなかったはずですよ」

番人は眉をひそめた。

「誰か出入りをしていた者は……」

「そんな奴、いなかったと思いますが……」

番人は自信なさげに首を捻った。

「ちょいと聞き込みを掛けて来ます」

亀吉は走り去った。

小屋の外の堀には数本の丸太が浮いている。丸太の樹脂が滲《にじ》み出た水は、日差しを受けて鈍色《にびいろ》に輝いて揺れていた。

「親分……」

平八郎と長次が駆け寄って来た。

「平八郎さん……」

「何か分かりましたか」

「ええ。どうやらこの小屋に閉じ込められていたようです」

伊佐吉は小屋を示した。

平八郎と長次は、小屋の中を覗いて周囲を調べた。

「こいつはなんでしょうね」

長次が、小屋の戸口の隅から緑色の小さな布切れを見つけた。

布切れは薄い羽二重《はぶたえ》だった。

平八郎と伊佐吉は、長次の掌《てのひら》の上の緑色の羽二重を覗き込んだ。緑色の羽二重は笹の葉の形になっていた。

「こりゃあ、花簪《はなかんざし》の花の葉っぱだな」

伊佐吉は眉をひそめた。

「って事は、女がいたって事ですか」

長次は驚きを滲ませた。

「ああ。それも若い女だな」

伊佐吉は睨んだ。

花簪は若い娘の髪飾りだ。

「浪人殺しには、若い娘が絡んでいる……」

平八郎は、戸惑いを浮かべた。

「親分……」

聞き込みに行っていた亀吉が、駆け戻って来た。

「こりゃあ、平八郎さん……」

亀吉は、平八郎に挨拶《あいさつ》をした。

「何か分かったのかい」

「そいつが、掘割の向こうの家の人が、昨夜遅く若い女の笑い声を聞いたそうですよ」

亀吉は眉をひそめた。

「若い女の笑い声か。いつ頃だ……」

伊佐吉は尋ねた。

「子《ね》の刻九つ（午前零時）頃、真夜中ですよ」

「真夜中に若い女の笑い声か……」

「ええ。随分と愉《たの》しそうな笑い声だったそうですよ」

真夜中、人家のない木置場で愉しげに笑っていた若い女……。

「その女、花簪の持主ですね」

平八郎の直感が囁いた。

「若い女か……」

伊佐吉は思いを巡らせた。

若い女が、浪人殺しにどう絡んでいるのだろうか……。

「よし。殺された三人の浪人の身辺に若い女がいないか調べてみよう」

伊佐吉は命じた。

昨日の真夜中……。

平八郎が、松坂町の裏長屋で眠りに就いた頃だった。

木置場に風が吹き抜け、掘割の水面は揺れて輝いた。

二

浪人殺しには、花簪を挿した若い女が潜んでいる……。

平八郎と伊佐吉たちは、殺された三人の浪人の身辺に若い女を探し始めた。

平八郎は、北原弥太郎の身辺を洗い直した。

武州浪人の北原弥太郎は、南割下水三笠町の長屋に住んでおり、両国《りょうごく》・元町《もとまち》の口入屋で仕事を周旋して貰っていた。

長屋に花簪を髪に飾るような若い女はいなかった。

北原は口入屋で日雇い仕事を紹介され、毎日の行き先は変わる。その仕事先に花簪を飾る若い女がいるのかも知れない。

平八郎は、北原が通っていた口入屋を訪れた。

大川には様々な船が行き交い、両国橋は賑わっていた。

平八郎は、元町の口入屋『恵比寿屋《えびすや》』を訪れた。

「北原さんの仕事先ですか……」

『恵比寿屋』の主の彦造《ひこぞう》は、面倒そうに白髪眉をひそめた。

「うむ。ここひと月の仕事先を教えて欲しい」

「ここひと月ですね……」

彦造は、白髪眉の下の眼で平八郎を一瞥《いちべつ》し、細い首の喉仏を上下させて帳簿を捲《めく》った。

荷積み荷降ろし人足、普請場の手伝い、道普請の人足、蔵番、御隠居のお供……。

若い女が絡んでいるような仕事はなかった。

「主、御隠居のお供ってのは何ですか」

若い女は、御隠居のお供をして行った先にいるのかもしれない。

「ああ。それは薬種問屋の御隠居さまの夜釣りのお供ですよ」

「夜釣り……」

平八郎は眉をひそめた。

「ええ。なんといっても御隠居さまは、還暦もとっくに過ぎていましてね。それに物騒ですので、旦那さまたちが心配しましてね。それで、北原さんを用心棒に雇ったんですよ」

「そうですか……」

北原の最近の仕事先には、若い女がいる様子はなかった。

「ところで北原さん、殺される前、急に変わったなんて事、なかったかな」

平八郎は、最後の望みをかけた。

「急に変わった事ですか……」

「ええ……」

「そういえば、無理と知っていて給金の前借りを頼んできましたよ」

日雇い仕事をする者に給金の前借りはない。あるのは只《ただ》の借金だ。

「へえ、給金の前借りですか……」

「ええ。これからもずっと働くから一両前借りさせてくれとね」

「それでどうしたんです」

「勿論、断りましたよ」

彦造は、当然だという眼を向けた。

「そうでしょうね」

明神下の口入屋『萬屋』の万吉も、彦造と同じ事をするはずだ。

結局、花簪をするような若い女は浮かばない……。

平八郎は、彦造に礼を云い、口入屋『恵比寿屋』を出た。

昼下がりの大川は日差しに煌《きら》めいていた。

平八郎は、眩しげに眼を細めた。

北原は何の為に、『恵比寿屋』に前借りを申し込んだのだ。そして、一両を借りて何をするつもりだったのだ。

平八郎は思いを巡らせた。

両国橋を渡る人々の中に、『お多福』のおしまの姿が見えた。

おしま……。

おしまは花簪を飾る歳とは思えぬが、北原の身辺にいた若い女の一人といえるのかも知れない。

平八郎は、おしまを追った。

おしまは、両国橋を足早に渡って広小路の雑踏《ざっとう》に入った。

平八郎は、人込みに紛れながら続いた。

おしまは振り返りもせず、広小路から神田川に架かる柳橋《やなぎばし》を渡った。

何処に行くのだ……。

平八郎は見守った。

おしまは、『お多福』にいる時とは違い、華やいだ雰囲気で足取りを弾ませていた。

平八郎は、微かな戸惑いを覚えた。

本所竪川三ツ目之橋に死体で浮いた越後浪人・松島小五郎《まつしまこごろう》の身辺に若い女はいた。

柳原町の長屋の住人が、松島小五郎が若い女と一緒に両国広小路にいるのを見掛けていたのだ。

若い女……。

松島小五郎と木置場に閉じ込められていた大野寅之助《おおのとらのすけ》の身辺には若い女がいた。

松島と大野に共通するものが、ようやく浮かび上がったのだ。

若い女は何者なのか……。

伊佐吉は、二人を繋ぐ若い女を探した。

船宿の暖簾は、吹き抜ける風に揺れていた。

平八郎は、神田川に架かる柳橋の袂に佇み、おしまの出て来るのを待っていた。

両国広小路を抜けたおしまが、柳橋の袂の船宿に入って四半刻が過ぎた。

船宿に入ったおしまが、船に乗った気配はない。となれば、おしまは船宿で誰かと逢っているのか。逢っているとしたら相手は誰なのか……。

平八郎は待った。

半刻が過ぎた。

おしまが船宿から出て来た。女将に見送られたおしまは、上気した顔を隠すように俯《うつむ》いて柳橋を渡った。

平八郎の直感が囁いた。

おしまは、柳橋を渡って両国広小路の雑踏に向かった。

平八郎は迷った。

おしまを追うか、出て来る男を待つか……。

平八郎は後者を選び、おしまと逢ったと思われる男を待つことにした。

僅かな時が過ぎ、船宿から三十歳前後の着流しの浪人が出て来た。

この男だ……。

平八郎の直感が囁いた。

着流しの浪人は、船宿の女将たちに見送られて神田川沿いの道を進んだ。

平八郎は、尾行を開始した。

着流しの浪人は、神田川沿いから浅草御蔵前《おくらまえ》の道に入った。浅草御蔵前の道を進むと浅草の金龍山浅草寺《きんりゆうざんせんそうじ》に出る。

着流しの浪人は駒形町を抜け、浅草広小路に出て大川に架かる吾妻橋《あずまばし》を渡った。

本所に行く……。

着流しの浪人は、おしまと密会する為に柳橋に行ったのか。

平八郎は追った。

吾妻橋を渡った着流しの浪人は、焼き物の窯《かま》の煙の立ち昇る中之郷瓦町《なかのごうかわらまち》に入った。

そして、中之郷瓦町にある長清寺《ちようせいじ》の山門を潜り、裏手にある家作《かさく》に入った。

平八郎は見届けた。

おしまと着流しの浪人は、本所に住みながら人眼を忍んで柳橋で密会をしている。

平八郎は、着流しの浪人の名前と素性《すじよう》を調べる事にした。

越後浪人・松島小五郎と一緒に両国広小路にいた若い女は、容易に浮かばなかった。

伊佐吉と亀吉は、松島の長屋のある柳原町で粘り強く聞き込みを続けた。

着流しの浪人の名は相良淳之介《さがらじゅんのすけ》、常陸《ひたち》浪人だった。

相良は、長清寺の家作で寺子屋を開いて暮らしの糧《かて》を得ていた。

相良の寺子屋の評判は良く、大勢の子供たちが通っていた。

日暮れが近づいた。

平八郎は、中之郷瓦町から割下水を抜けて竪川に向かった。

竪川に出た平八郎は、夕陽に向かって松坂町の長屋に急いだ。

行く手に二ツ目之橋が見えた。そして、橋の上に『お多福』のおよしが佇んでいた。

およし……。

平八郎は、物陰に潜んでおよしを見守った。

およしは、哀しげに竪川の流れを見下ろしていた。そして、泣いているのか涙を拭《ぬぐ》った。

泣いている……。

平八郎は戸惑った。

涙を拭ったおよしは、川の流れをじっと睨み付けた。それは、先程とは一変し、まるで怒っているかのようだった。

怒っている……。

いずれにしろおよしは、店で明るく笑っている時とは別人のようだった。

平八郎の戸惑いは困惑に変わった。

回向院の鐘が暮六つを告げた。

およしは我に返り、小走りに立ち去った。

平八郎は気付いた。

北原弥太郎の身辺にも、およしという若い女はいたのだ。

平八郎は立ち尽くした。

竪川は夕陽に赤く染まった。


『お多福』の火入行燈《あんどん》は、不安げに瞬いていた。

平八郎は、『お多福』に入った。

「いらっしゃいませ」

おしまは、微笑を浮かべて平八郎を迎えた。

「やあ、今夜も邪魔をします」

平八郎は隅に座り、酒と肴を頼んだ。

「はい。只今……」

おしまは板場に入った。

客は平八郎しかいなく、店は静かだった。そして、妹のおよしの姿も見えなかった。

「お待たせ致しました」

おしまは、酒と肴を持って来た。

「さあ、どうぞ……」

「かたじけない」

おしまは、平八郎に酒を酌した。

女の香りが、平八郎の鼻先を過《よぎ》った。

次の瞬間、おしまが弾む足取りで船宿に入る姿が浮かんだ。

平八郎は慌てて酒を飲み、おしまの昼間の姿を打ち消した。

酒は静かに五体に染み渡った。

「美味い……」

「そりゃあ、ようございました」

おしまは微笑んだ。

板場の奥の裏口で物音がした。

「およしかい」

おしまは板場を覗いた。

猫の鳴き声がしただけで、およしの返事はなかった。

おしまは、心配げに眉をよせて吐息を洩らした。

「およしちゃん、留守なんですか……」

「えっ、ええ。お昼過ぎ、幼馴染みに逢うといって出掛けてましてね……」

おしまは眉を曇《くも》らせた。

「幼馴染みですか……」

平八郎は手酌で酒を飲んだ。

夕暮れ時、およしは二ツ目之橋に佇んでいた。そして、暮六つの鐘を聞いて立ち去った。

平八郎は、およしが『お多福』に帰ったと思った。だが、およしはその足で幼馴染みに逢いに行ったようだ。

「お邪魔をしますよ」

煙草屋の御隠居が入って来た。

「あら、御隠居さま。おいでなさいまし」

おしまは迎え、隠居と平八郎は目礼を交わした。

「お酒をね……」

隠居は酒を注文し、いつもの席に座った。

「はい。只今……」

おしまは板場に入った。

「降ってきますね……」

隠居は、外の様子に耳を澄まし、平八郎から視線を逸《そ》らして告げた。

「雨ですか……」

「ええ。降ってきますね」

隠居は呟いた。

外に雨の降り始めた気配がした。

半刻が過ぎた。

平八郎は、おしまに見送られて『お多福』を後にした。

雨は降り続き、竪川の川面《かわも》に無数の波紋を広げていた。

平八郎は、降る雨に身を縮《ちぢ》めて松坂町の裏長屋に急いだ。

平八郎がいる間、およしは帰って来なかった。

何処で何をしているのか……。

平八郎は、二ツ目之橋に哀しげに佇み、すぐにその顔に怒りを浮かべたおよしを思い出した。

おしまは、およしが帰らないのを心配していた。それは妹を思う姉の姿であり、男の待つ船宿に弾んだ足取りで入って行く時の女ではなかった。

平八郎は、およしの幼馴染みが何処の誰かを尋ねた。だが、おしまは言葉を濁し、教えてはくれなかった。

雨は降り続いた。

平八郎は泥水を跳ね上げて、松坂町の裏長屋に駆け込んだ。

松坂町の裏長屋には長次が待っていた。

「お邪魔しています」

長次は、有明《ありあけ》行燈の火を大きくした。

「やあ。雨に濡れました。ちょいと失礼します」

平八郎は、濡れた着物と袴を脱いで下帯一本になった。

長次は、その間に火鉢の火を熾《おこ》し、酒の燗《かん》をつけた。

「どうですか……」

平八郎は、長次に探索の情況を訊いた。

「はい。伊佐吉親分たちが、三ツ目之橋に死体で浮かんだ松島小五郎が若い女と両国広小路にいたのを突き止めましてね」

「いましたか、若い女……」

「ええ。何処の誰かまだ分かりませんが、これで殺された二人の浪人の身辺に若い女がいた事になります」

「長次さん、二ツ目之橋に死体であがった北原弥太郎の身辺にも若い女はいましたよ」

「誰ですか……」

長次は、燗のついた酒を湯呑茶碗に注いで平八郎に差し出した。

「いただきます」

平八郎は燗酒を啜り、濡れた身体を温めた。

「北原の馴染みの飲み屋お多福のおよしです」

「およし……」

長次は眉をひそめた。

「はい。飲み屋のお多福は姉妹で営んでいましてね。姉のおしまが二十七、八、妹のおよしが十六、七なんです」

「じゃあ、その妹のおよしですか……」

「ええ。北原の身近にいる花簪を飾る年頃の若い娘は、およしぐらいしかいません」

平八郎は厳しい面持ちで告げた。

「平八郎さん……」

長次は、平八郎を見つめて酒を飲んだ。

「姉、おしまって云いましたか……」

「はい」

「その、姉のおしまはどうなんです」

「ですが、花簪を飾るには年増《としま》女ですよ」

平八郎は苦笑した。

「平八郎さん、人殺しに関わっている者は、普通の男や女とは違います。何をしてもおかしくはありませんよ」

長次は冷静な見方を示した。

「そりゃあそうですね」

平八郎は頷き、己の思い込みを恥じた。

「で、おしま、およしの姉妹、死んだ父親の後を継いでお多福を営んでいるんですね」

「ええ……」

「父親、どうして死んだのですか……」

「さあ……」

平八郎は首を捻った。

「分かりました。あっしが詳しく調べてみましょう」

「お願いします」

雨の降る音は続いた。

赤い蛇《じゃ》の目傘を雨に濡らし、女は境内《けいだい》を山門に向かった。

相良淳之介は番傘を差し、赤い蛇の目傘を差して行く女に続いて長清寺を出た。

赤い蛇の目傘の下に見える女の髪には、夜目にも鮮やかな花簪が揺れていた。

相良は、揺れる花簪を見つめて続いた。

赤い蛇の目傘の女は、横川から続く源森堀《げんもりぼり》の岸辺に佇んだ。

雨は降り続き、赤い蛇の目傘を鳴らした。

相良は、女の揺れる花簪に戸惑った。

「で、用とは何だ」

背後に濡れた足音が近づいた。

相良は、怪訝に振り返った。

刹那、笠を被った侍が、相良を袈裟懸けに斬った。相良は、刀を抜く間もなく仰《の》け反り、源森堀に落ちた。

赤い蛇の目傘の女は、花簪を揺らして笑った。

夜の雨空に若い女の笑い声が響いた。

降り続く雨は、飛び散った血を始めとした何もかもを洗い流した。

三

真夜中過ぎ、雨はあがった。

源森堀が大川に繋がる処に、源森橋は架かっている。

相良淳之介の死体は、その源森橋の橋桁に引っ掛かっていた。

四人目の仏だ。

平八郎は報せを受け、源森橋の傍の自身番に急いだ。相良の身許《みもと》はすぐに割れ、その死体は長清寺の家作である自宅に運ばれていた。

平八郎が駆けつけた時、高村源吾と伊佐吉たちの検死も終わり、長清寺の住職の読《ど》経《きょう》が響いていた。

平八郎は、相良の死体に手を合わせた。仏は、相良淳之介に間違いなかった。

「やはり、袈裟懸けの一太刀ですか……」

平八郎は尋ねた。

「うん。左肩から右に掛けての一太刀。雨の中、相変わらず見事なもんだぜ」

高村は感心した。

「ところで平八郎さん。仏さんをご存知だとか」

伊佐吉は、怪訝な眼を向けた。

「ご存知ってほどじゃありませんが、何処の誰かちょいと調べてみただけです」

平八郎は、相良淳之介を調べた経緯を話して聞かせた。

「へえ、北原弥太郎の行きつけの飲み屋の女将と、船宿で逢う仲か……」

伊佐吉と高村は顔を見合わせた。

「ええ。それで何処の誰か調べてみたんですが、斬られるとは……」

平八郎は眉をひそめた。

「平八郎さん、仏さんはそのお多福に出入りしていなかったのですか」

伊佐吉は怪訝に尋ねた。

「ええ、お多福で見た事も聞いた事もありませんよ」

「じゃあ仏さん、女将のおしまといつ何処で知り合ったんですかね」

「さあ……」

平八郎は首を捻った。

「女将のおしま、相良が斬られた事を知っているのかな」

「いや、きっとまだです。女将のおしまと妹のおよしに関しては、長次さんが調べ始めたところです」

「よし。じゃあ平八郎さん、お多福に行って女将のおしまに逢ってみよう」

高村は、相良が斬られたところを見た者を探す伊佐吉たちと別れ、竪川の飲み屋『お多福』に向かった。

雨あがりの空は何処までも蒼かった。


飲み屋『お多福』は戸を閉めたままだった。

長次は自身番を訪れ、それとなくおしまとおよし姉妹の事を聞き込んだ。

「お多福の親父さん。五年前でしたか、質《たち》の悪い食い詰め浪人どもに飲み逃げされましてね。追い掛けたんですが、斬られた挙句《あげく》に竪川に投げ込まれましてね」

自身番の番人は、当時を思い出した。

「そいつは気の毒に。で、死んだのかい……」

長次は眉をひそめた。

「ええ。酷い話ですぜ」

番人は頷いた。

「飲み逃げ浪人ども、お縄になったのかな」

「いいえ。そのまま逃げちまって、結局はうやむやですよ」

番人は吐き棄《す》てた。

「そうか……」

おしま・およし姉妹の父親は、五年前に食い詰め浪人たちに殺されていた。その時、おしまは二十歳過ぎであり、およしは十歳過ぎだと思えた。

「その時、娘さんたちはどうしていたのかな」

「上の娘は、お多福を手伝っていたと思いますが……」

「だったら、飲み逃げをした浪人の顔を見ていたんでしょうね」

「そりゃあ、きっと。ですが、浪人どもはお縄にできなかった……」

番人は吐息を洩らした。

おしま・およし姉妹は、父親を殺した食い詰め浪人たちを殺したいと憎んだのか、それともすぐに忘れて仕舞ったのか……。

長次は思いを巡らせた。そして、番人に礼を云い、本所緑 町《みどりちょう》の自身番を後にした。

自身番の前を流れる竪川には、荷船が櫓を軋ませて行き交っていた。

「長次さん……」

平八郎と高村がやって来た。

回向院の境内には、僅かな参拝客が行き交っていた。

平八郎、高村、長次は、境内の茶店の座敷で互いの情報を交換した。

「昨夜、相良淳之介が斬られた……」

長次は驚いた。

「ええ、袈裟懸けの一太刀です」

「じゃあ……」

「四人目です」

平八郎は茶を啜った。

「そうですか……」

長次は言葉を失った。

「長次。五年前、お多福の親父を殺《あや》めた飲み逃げ浪人どもは何人だ」

高村の声音には、厳しさが含まれていた。

斬り殺された北原たち四人の浪人が、五年前に『お多福』で飲み逃げした者たちなのかも知れない。そして、おしまとおよしの姉妹はそれに気付き、腕の立つ侍を雇って父親の恨みを晴らした。

あり得る話だ……。

高村と平八郎は、長次の返事を待った。

「三人だそうです」

「三人……」

高村は眉をひそめた。

袈裟懸けに斬られた浪人は四人だ。人数が一人違った。

「三人に間違いありませんか……」

平八郎は念を押した。

「ええ……」

長次は、平八郎と高村を見据えて頷いた。

「そうか……」

高村は僅かに落胆した。

五年前の『お多福』の亭主殺しと、今の浪人殺しは関わりはない……。

情況はそう告げている。だが、平八郎、高村、長次は、五年前の事件との関わりを棄てるのを躊躇《ためら》った。

「よし。平八郎さん、おしまとおよしにそれとなく探りを入れ、どう出るか様子を見てくれ」

「心得ました」

「長次。二人が北原たち浪人殺しに関わっているなら、必ず何処かで接触しているはずだ。そいつをな」

「承知しました」

「俺は、町奉行所で五年前のお多福の亭主殺しを調べてみる」

今のところ、浪人殺しと関わりがありそうな者は、おしまとおよしの姉妹しかいない。

平八郎、高村、長次は、僅かな手掛かりに懸ける事にした。

高村は、平八郎と長次を本所に残し、数寄屋橋御門内の南町奉行所に戻って行った。

平八郎は、長次と一緒に回向院の境内を出た。

竪川は眩しく煌めいていた。

平八郎は、飲み屋『お多福』に向かおうとした。

「平八郎さん……」

長次は、竪川に架かる一ツ目之橋を渡ってくるおしまを示した。

平八郎と長次は、物陰に潜んで見守った。

おしまは、魚の入った竹籠を提《さ》げて竪川沿いの道を進んだ。

「長次さん……」

「はい」

平八郎は、長次を物陰に残して竪川沿いの道に出た。

「やあ、おしまさんじゃありませんか……」

平八郎は、おしまに駆け寄った。

「あら……」

おしまは振り返り、微笑んで会釈《えしやく》をした。

「仕入れですか……」

「ええ。今日は鰺《あじ》と烏賊《いか》、それに蛤《はまぐり》の生きのいいのが手に入りました」

おしまは、屈託のない笑顔を見せた。

相良淳之介の死を知らないのか、知っていても動揺の欠片《かけら》すらないのか……。

平八郎は思いを巡らせた。

「昨夜の雨、大丈夫でしたか」

「ええ。それより昨夜、およしちゃんはどうしました」

「平八郎さんがお帰りになって、半刻もしない内に帰って来ましたよ」

「そいつは良かった」

平八郎は微笑んだ。

おしまの屈託のなさは、妹のおよしが無事に帰って来たからなのか……。

平八郎は分からなかった。分からない限り、切り札を出して反応を見るべきだ。

「ところで昨夜遅く、源森堀で浪人が斬り殺されたそうですよ」

平八郎は、おしまを窺《うかが》いながら告げた。

「源森堀で……」

おしまは、言葉を飲んで歩みを止めた。

「ええ。近くの寺の家作を借りて、寺子屋を開いていた浪人だそうです」

おしまは、驚きの声を短くあげ、魚を入れた竹籠を落とした。落ちた竹籠から鯵や烏賊が転がり出た。

おしまは、相良淳之介の死を知らなかった。

平八郎は確信した。

「どうしました……」

平八郎は確信を隠し、魚と竹籠を拾った。

「いえ……」

おしまは動揺を必死に隠した。

「御免なさい」

おしまは、平八郎から魚を入れた竹籠を取り、小走りに『お多福』に向かった。

「おしまさん……」

平八郎は見送った。

その時、平八郎の脳裏《のうり》に花簪を揺らして笑う若い女が浮かんだ。若い女はおよしだった。

およし……。

浪人殺しに関わっている若い女はおよしなのだ。

平八郎はようやく気が付いた。

「平八郎さん、何か分かったようですね」

長次が現れた。

「ええ……」

平八郎は、沈痛な面持ちで頷いた。

雨の夜、出歩く者は少ない。

伊佐吉は、下っ引の亀吉を従えて源森堀の周辺に聞き込みを掛け続けた。だが、事件を目撃した者を見つける事は出来なかった。

「赤い蛇の目傘を差した女……」

中之郷瓦町に店を構える瓦屋の手代は、相良淳之介が殺された夜、雨の様子を見ようと窓を覗いた。その時、赤い蛇の目傘を差した女が、源森堀から来るのを見たのだ。

「はい。手前が見たのはその女だけにございます」

手代は、戸惑いを滲ませた。

「赤い蛇の目傘の女、顔を見たかい」

伊佐吉は、身を乗り出した。

「いいえ。何分にも赤い蛇の目傘の陰になりまして、揺れる花簪がちらりと見えただけです」

手代は、申し訳なさそうに首を竦《すく》めた。

「花簪……」

伊佐吉は思わず声をあげた。

「はい……」

手代は、伊佐吉の反応に怯えた。

「赤い蛇の目傘を差した女、花簪を挿していたのか」

伊佐吉は、己の血相が変わるのが分かった。

「は、はい。花簪が揺れて横顔も見えなかったんです」

赤い蛇の目傘を差した女は、花簪を挿していた。犠牲となった三人目の浪人・大野寅之助が閉じ込められていた木置場にいたと思われる若い女なのだ。

「その花簪の女が、源森堀の方から来たのに間違いないね」

「左様にございます」

相良淳之介殺しにも、やはり若い女が絡んでいたのだ。

伊佐吉は勇《いさ》んだ。

「で、その女、どっちに行ったんだい」

「割下水の方に行きました」

瓦屋の手代は、北割下水の方に視線を送った。北と南の割下水を過ぎると竪川になる。

赤い蛇の目傘を差した花簪の若い女は、竪川に向かったのかもしれない。

「親分、竪川ですかね」

「とにかく、赤い蛇の目傘を差した花簪の若い女を探そう」

「合点《がってん》です」

伊佐吉は手代に礼を云い、亀吉を連れて竪川への道を若い女の足取りを追った。

本所割下水には、小旗本や御家人の屋敷が連なっていた。


南町奉行所の三廻り同心たちは出掛け、同心詰所に人気《ひとけ》は少なかった。

〝三廻り同心〟とは、定町廻り、臨時廻り、隠密廻りの同心たちを称した。犯罪の探索に関わる同心は、この〝三廻り〟であり、他の大勢の同心たちは行政に携《たずさ》わっていた。

定町廻り同心の高村源吾は、同心詰所に入った。

臨時廻り同心の桜井庄五郎《さくらいしょうごろう》が、大囲炉裏《いろり》の傍で一人で茶を啜っていた。

「やあ、桜井さん、お久し振りです」

「おう。源吾、励んでいるかい」

「ええ、まあ……」

高村は苦笑した。

三廻りの同心たちは、それぞれが事件を抱えており、一緒に探索する事は滅多にない。

桜井庄五郎は、老練な臨時廻り同心だった。

「そうだ桜井さん。五年前、本所で飲み逃げの浪人どもを追った飲み屋の亭主が殺された事件、ご存知ですか」

「五年前の本所か……」

「ええ。飲み屋の亭主、斬られた挙句、竪川に投げ込まれたって事件、覚えありませんか」

「いや。よく覚えているが、そいつは北町の月番の時の事件でね」

「北町ですか……」

高村は肩を落とした。五年前の北町奉行所の事件となると、いろいろ面倒だ。

「そいつがどうかしたのかい……」

「ええ……」

高村は、今度の浪人殺しに、五年前に殺された飲み屋の亭主の娘たちが絡んでいるかも知れないと告げた。

「じゃあ何か、五年前に亭主を殺した浪人どもが、今度の被害者だというのかい」

「あり得ませんかね」

「その年の暮れ、浅草で食い詰め浪人どもの押し込みがあってね。火盗改めが追い詰めて皆殺しにしたんだが、その中にいたそうだよ。飲み逃げして亭主を殺した浪人どもが……」

「じゃあ……」

「ああ。五年前、飲み屋の亭主を殺した浪人どもは、とっくに死んでいるんだよ」

「そうでしたか……」

四人の浪人が、おしまとおよしの父親を殺した者たちだという可能性は完全に消えた。

高村は、深々と吐息を洩らした。

四

飲み屋『お多福』は、薄暗く静まり返っていた。

板場の奥の階段脇の土間には、赤い蛇の目傘が置いてあった。赤い蛇の目傘はすでに乾いていた。

血相を変えたおしまが、裏口から入って来て魚入りの竹籠を流しに置いた。

「およし……」

おしまは、震える声で階段から二階に呼び掛けた。

およしの返事はなかった。

「およし……」

おしまは階段を駆け上がり、およしの部屋の襖を開けた。

部屋の中におよしはいず、障子越しの窓から日差しが溢れていた。

「およし……」

おしまは立ち竦み、茫然《ぼうぜん》と呟いた。


飲み屋『お多福』は静まり返っていた。

平八郎と長次は、物陰に潜んで『お多福』の様子を窺った。『お多福』は静かなままであり、おしまとおよし姉妹が動く気配はなかった。

「妙に静かですね」

平八郎は眉をひそめた。

「ええ、裏に廻ってみます」

長次は、おしまが入って行った裏口への路地に消えた。

平八郎は、辺りを見廻して吐息を洩らした。

およしが浪人殺しに関わりがあるとしても、四人の浪人を袈裟懸けに斬殺した訳ではない。

およしの背後には、恐るべき剣の使い手が潜んでいるのだ。

そいつが誰かだ……。

平八郎は、姿を見せない剣の使い手に密かな闘志を燃やした。

長次が、裏口への路地から駆け戻って来た。

「どうしました」

「おしまが出掛けます」

長次は早口に告げ、身を潜めた。

平八郎は長次に倣った。

裏路地から出て来たおしまは、竪川沿いの道を三ツ目之橋に向かって足早に進んだ。その顔はいつものおしまとは違い、僅かに顔色を変えて冷静さを失っていた。

「何かあったんですか……」

「分かりません。ですが、お多福におよしはいないようですぜ」

長次は、微かな緊張を滲ませていた。

「どうします」

平八郎は眉をひそめた。

「追いましょう」

長次は物陰を出た。

「面の割れていないあっしが先に行きます」

長次がおしまを尾行した。

「心得ました」

平八郎は距離を取り、長次の後を進んだ。

荷船の船頭の歌う唄は、竪川に長閑《のどか》に響いていた。

おしまは、竪川沿いの道を東に急いだ。

竪川に架かる三ツ目之橋、新辻橋、そして四ツ目之橋を過ぎ、おしまは横十間堀に出た。

竪川と交差する横十間堀に出たおしまは、旅所橋《たびしょばし》を渡ってすぐに北に曲がった。

横十間堀沿いには亀戸町《かめいどちょう》が連なり、背後に田畑が広がっていた。そして、亀戸天満宮の屋根が見えた。

おしまは足を速めた。

長次は慎重に尾行した。

平八郎は、長次の背中を追った。

おしまは、横十間堀沿いの道から亀戸天満宮の前を抜け、田畑に囲まれた寺の背後に廻った。そこに、小さな古い百姓家があった。

おしまは、小さな古い百姓家の前に佇み、弾んだ息を整えた。

長次は、木立の陰から見守った。

平八郎が長次の横に並んだ。

おしまは顔を強張らせ、小さな古い百姓家を睨みつけて手拭に包んだ包丁を取り出した。

包丁は眩しく輝いた。

「平八郎さん……」

長次は微かに慌てた。

「もう少し待って下さい……」

平八郎は長次を止めた。

小さな古い百姓家には、殺気ともいえる異様な気配が漂っている。

平八郎は、異様な気配の正体を見届けようとした。

おしまは怒りと憎しみを滲ませ、小さな古い百姓家を睨みつけ続けた。握られた包丁は小刻みに震え、輝きを不安げに揺らしている。

平八郎は見守った。

小さな古い百姓家から、長身瘦軀《そうく》の若い浪人が揺れるように現れた。端整な面立ちの若い浪人は、総髪に束《たば》ねて黒紋付の着流し姿だった。

この男だ……。

平八郎の直感が囁いた。

若い浪人が、北原弥太郎たち四人の浪人を袈裟懸けに斬った男なのだ。

平八郎は確信した。

「何用だ……」

若い浪人の声は低く虚《うつ》ろだった。

「昨夜、相良淳之介さまを斬りましたね」

おしまの声には、涙と厳しさが込められていた。

「名は知らぬが、浪人は斬った……」

若い浪人は驕《おご》りも昂《たかぶ》りも見せず、おしまを淡々と見つめた。

次の瞬間、おしまは包丁を構えて若い浪人に突き掛かった。

止めろ……。

平八郎は、思わず心の中で叫んだ。

若い浪人は、咄嗟《とっさ》に背後に跳んだ。

おしまの包丁は届かなかった。若い浪人は、おしまの包丁を握る手を素早く摑み、木立に向かって己の盾にした。

若い浪人は、おしまの包丁を躱《かわ》す為に背後に跳んだのではなく、平八郎の気配を察知して身構えたのだ。

長次は、全身を強張らせた。

平八郎は、木陰からゆっくりと出た。

若い浪人は、おしまを盾にして平八郎と対峙《たいじ》した。

おしまは、平八郎の出現に戸惑った。

「何者だ……」

若い浪人は無表情に尋ねた。

「矢吹平八郎。おぬしは……」

平八郎は、間合いを充分に取って若い浪人と向かい合った。

「島崎右近《しまざきうこん》……」

若い浪人は、島崎右近と名乗った。

「島崎右近、おしまさんを放して貰おう」

右近は小さく笑い、おしまを平八郎に向かって突き飛ばした。おしまは短い声をあげて平八郎に向かい、足をもつれさせた。

刹那《せつな》、右近はおしまに続いて平八郎に向かって走った。

平八郎は、足をもつれさせて倒れそうになったおしまを抱き止め、素早く背後に送った。

右近の刀が閃き、平八郎に袈裟懸けが襲い掛かった。

平八郎は身を沈め、片膝を突いて横薙《な》ぎの一閃を放った。

甲《かん》高い音が鋭く鳴り響いた。

平八郎は、右近の袈裟懸けの一太刀を弾き飛ばし、辛うじて躱した。

右近は、素早く背後に飛び退《の》いた。

平八郎は、構えを立て直した。

「矢吹平八郎か……」

右近は嘲《あざけ》るような笑みを浮かべ、小さな古い百姓家に駆け込んだ。

平八郎は、構えを解いて長次を見た。

長次は平八郎を一瞥し、茂み伝いに百姓家の裏手に廻って行った。

「大丈夫ですか、おしまさん……」

平八郎は、倒れ込んでいるおしまを助け起こした。

「矢吹さま……」

おしまは、呆然とした顔で平八郎を見た。

「怪我は……」

「ありません」

「そいつは良かった」

「は、はい。島崎右近は……」

おしまは、憎悪《ぞうお》のこもった眼を小さな古い百姓家に向けた。

「逃げましたよ」

「じゃあ……」

おしまは立ち上がり、小さな古い百姓家に駆け込んだ。平八郎が続いた。

小さな古い百姓家の中には、島崎右近は勿論、誰もいなかった。

おしまは、家の中に誰かを探した。

平八郎は、おしまを見守った。

おしまは、およしがいると思っていたのだ。だが、およしはいなかった。

おしまは、疲れ果てたように座り込んだ。

田畑の緑を揺らした風が、小さな古い百姓家を吹き抜けた。

木洩れ日は風に揺れて煌めく。

島崎右近は、亀戸天満宮の裏から陸奥国弘前《ひろさき》藩津軽《つがる》家下屋敷の土塀の傍を抜け、横十間堀に出た。そして、辺りを鋭い眼差しで見廻し、横十間堀沿いの道を竪川に向かった。

追って現れた長次が、物陰伝いに慎重な尾行を開始した。

亀戸天満宮は名物の藤の花も終わり、池の周りには僅かな人々が散策していた。

池の水面に映るおしまの姿は、不安げに揺れた。

「おしまさん、相良淳之介さんや北原弥太郎たちを殺したのは、島崎右近であり、妹のおよしが絡んでいるんですね」

平八郎は、池の畔に佇むおしまに問い質《ただ》した。

「はい……」

おしまは、哀しげに項垂《うなだ》れた。

「何故です。何故、およしはそんな真似をしたのですか」

「矢吹さま、およしは私に近づく浪人さんを憎んだのです」

「おしまさんに近づく浪人……」

平八郎は戸惑った。

「私たちのお父っつあんは、五年前に浪人たちに殺されました。それ以来、およしは浪人を憎み、お父っつあんだけではなく私も浪人に取られてしまうと怯えて……」

「おしまさんに近づく浪人たちを、島崎右近に殺させたのですか」

平八郎は眉をひそめた。

「きっと……」

風が吹き抜け、池の水面に小波《さざなみ》が走った。

「おしまさん、相良さんとの関わりは知っているつもりです」

おしまは、平八郎を驚いたように見つめた。

「北原弥太郎、松島小五郎、大野寅之助とはどのような関わりなんです」

「北原さんと大野さんは、時たま別々にお多福にお見えになっていたお客さまで、私を逢引きに誘いました。勿論、私はお断りしました。でも、傍で見ていたおよしは、お姉ちゃんを馬鹿にしていると怒って……」

およしは、島崎右近に斬らせたのだ。

「ならば松島とは……」

「松島さんは、北原さんのお知り合いで、北原さんを斬った下手人を探して、お多福にお見えになったんです」

およしは、北原殺しを調べる松島小五郎に危険を感じた。それ故、島崎右近に頼んで松島を殺した。

「そして、相良淳之介さんですか……」

おしまは頷いた。

「私、およしを恐れ、淳之介さまの事を隠しておりました。ですが、およしは淳之介さまの事を知ったのです。いつ何処で知ったのかは知りませんが……」

そして、およしは相良淳之介を島崎右近に斬らせた。

父親に続き、姉のおしまを自分から奪おうとする悪い浪人の一人として……。

およしに躊躇いはなかった。

島崎右近はおよしに頼まれ、相良淳之介を無造作に斬った。

何故だ……。

島崎右近は何故、およしの頼みを聞いて人を斬るのだ。

平八郎は困惑した。

「およしと島崎右近はどんな関わりなんです」

「関わり……」

おしまは戸惑いを浮かべた。

「ええ、何か古くからの曰《いわ》くがあるとか……」

島崎右近には、およしの頼みを聞かねばならない義理でもあるのだろうか……。

平八郎は、おしまの返事を待った。

「浪人の嫌いなおよしです。只の知り合いだと思っていました」

おしまは、およしと島崎の本当の関わりを知らなかった。

およしに秘められた本性は何か……。

平八郎は思いを巡らせた。

おしまは、哀しげに池を眺めた。目尻から涙が零《こぼ》れ落ちた。

およしが今何処にいるのかは、おしまも知らない。

およしは、島崎右近と必ず落ち合う……。

平八郎の直感が囁いた。

木々の梢《こずえ》は風に揺れた。


竪川に出た島崎右近は、横十間堀に架かる旅所橋を渡って四ツ目之橋に向かった。

長次は、己の気配を消して慎重に尾行した。

島崎は四ツ目之橋を渡り、竪川沿いを尚《なお》も進んだ。そして、三ツ目之橋を過ぎて二ツ目之橋の手前、林町一丁目と二丁目の間の道に入った。

島崎の尾行への警戒は続いた。

長次は、厳しい尾行を強いられた。

行く手に萬徳山《まんとくさん》弥勒寺《みろくじ》の伽藍《がらん》が見えてきた。

島崎は弥勒寺の前に立ち止まり、背後を鋭く見廻した。

長次は物陰に身を潜め、懸命に気配を消した。額に脂汗が滲んだ。

島崎は、弥勒寺門前の茶店に入った。

見届けた……。

長次は吐息を洩らした。


茶店の奥の小座敷は薄暗かった。

島崎は、音もなく小座敷に入った。

「遅かったのね」

およしは、花簪を揺らして明るく迎えた。

「うむ……」

島崎は座り、仕度されていた酒を手酌で飲んだ。

「ねえ、遊ぼう……」

およしは島崎に寄り添い、口移しの酒を求めた。島崎は、およしを横抱きにして酒を飲ませた。およしの白い喉が微かに鳴り、赤い唇の端から酒が一筋流れた。

島崎は、およしの胸元を押し広げた。およしの白く丸い乳房が零れた。

島崎は、およしの乳房に顔を埋めた。

およしは笑った。花簪を揺らし、けらけらと子供っぽく笑った。

弥勒寺の前の五間堀は、竪川と小名木川を結ぶ六間堀に続いている。

島崎は茶店に入った切り、出て来なかった。

誰かと落ち合っているのか……。

長次は、何とか平八郎や伊佐吉と連絡を取ろうとした。だが、茶店の見張りを止める事は出来ない。茶店の片隅には、老婆が一人座っている。

長次は焦った。

平八郎は、おしまを飲み屋『お多福』に送って来るはずだ。弥勒寺と『お多福』は、竪川を挟んで近い。だが、離れるわけには行かない。

長次の焦りは募《つの》った。

「長次さんじゃありませんか」

五間堀を来た猪牙舟《ちょきぶね》の船頭が、長次に声を掛けて来た。

長次は、聞き覚えのある声に振り向いた。

猪牙舟の船頭は丈吉だった。

「丈吉……」

長次は声を弾ませた。

「何してんですか」

丈吉は、猪牙舟を操りながら長次にのんびりと尋ねた。

「お前、今、暇か」

「荷物を届けた帰りでしてね。暇といえば暇ですけど……」

丈吉は眉をひそめた。

平八郎は、おしまを伴って飲み屋『お多福』に戻って来た。

「平八郎さん……」

物陰から丈吉が現れ、駆け寄って来た。

「丈吉……」

平八郎は眉をひそめた。

「長次さんが……」

丈吉は、長次が弥勒寺門前の茶店を見張っているのを告げた。

「弥勒寺門前の茶店……」

「へい」

島崎右近はそこにいる……。

平八郎は、おしまを『お多福』に残し、丈吉と弥勒寺に走った。

おしまは、思い詰めた面持ちで見送った。


「斬って欲しい浪人……」

島崎は眉をひそめた。

「ええ。最近、お店に来るようになった浪人」

およしは、猪口の酒を飲んだ。

「名は何という」

「矢吹平八郎……」

「矢吹……」

島崎は、平八郎の鋭い太刀捌《さば》きを思い浮かべた。

「ええ。やっと相良を片付けたのに……。矢吹平八郎はお姉ちゃんを狙っているのよ」

およしは頬を膨らませ、憎しみと嫉妬《しっと》を露《あら》わにした。

奇妙な女だ……。

顔や心はまるで子供だが、身体や閨《ねや》での振舞いは立派な女だ。

「ねえ、右近さん。斬っちゃってよ。矢吹平八郎。お願い。ねっ」

およしは、美味そうに酒を飲み、島崎の顔を覗き込んだ。

島崎は苦笑した。

人を斬り殺すのを、まるで遊びに誘うように云ってくる奇妙な女。

島崎は、およしの奇妙さに戸惑い、翻弄《ほんろう》される己に快感を覚えた。同時に、胸の奥が熱くなり、激しい咳が込み上げた。島崎は懐紙で口元を押さえ、苦しげに咳き込んだ。

「大丈夫……」

およしは、心配げに島崎の背中を擦《さす》った。

「う、うむ……」

懐紙には鮮血が滲んでいた。

血を吐くようになって三月《みつき》が過ぎていた。

労咳《ろうがい》……。

島崎右近は、旗本である父の屋敷を出て、死ぬまでの間を気儘《きまま》に暮らすことにした。そして、およしに出逢い、少女か女か分からない奇妙さに惹《ひ》かれた。

「よかろう。引き受けた」

どうせ死ぬなら、斬られて死ぬのがいい……。

島崎は酒を啜った。

「嬉しい。ありがとう」

およしは、島崎に抱きついて子供のように喜んだ。


半刻が過ぎた。

長次は、丈吉を南町奉行所の高村源吾の許に走らせた。そして、平八郎と共に茶店に張り込み、島崎右近の出て来るのを待った。

長次と平八郎は、交代で茶店の客となって様子を探った。

島崎は女と一緒に奥の座敷にいる……。

平八郎と長次は待ち続けた。

僅かな時が過ぎ、茶店から島崎右近が出て来た。

平八郎と長次は身構えた。

島崎に続き、茶店からおよしが出て来た。

「およし……」

平八郎は思わず声をあげた。

島崎と一緒にいた女はおよしだった。
およしと島崎は、五間堀の傍にいる平八郎と長次に気付いた。
「あいつよ。あいつが矢吹平八郎だよ」
およしは、愉しげに叫んだ。
「おぬしを斬らねばならぬ……」
島崎は苦笑し、平八郎に向かって進み出た。
平八郎もゆっくりと進み出た。
長次は息を詰めて見守った。
およしは、島崎の勝ちを確信した笑みを浮かべていた。
平八郎と島崎は、互いの間合いを窺いながらにじり寄った。
勝負は一太刀で決まる……。
平八郎は、静かに間合いを詰めた。
島崎は躱そうともせず、やはり間合いを詰めた。
死ぬか生きるかは、一太刀の速さ……。
島崎は、己に言い聞かせた。
次の瞬間、平八郎と島崎は互いの見切りの内に踏み込んだ。

刹那、平八郎と島崎は、互いの腰から閃光を放った。
互いの袈裟懸けの一刀が、輝きとなって交錯《こうさく》した。
肉を断つ音が鈍く鳴った。
平八郎の着物の胸元が、袈裟懸けに斬り裂かれて垂れた。
やられた……。
長次は緊張した。
およしは笑った。
次の瞬間、島崎は着物の胸元に赤い血を滲ませて前のめりに倒れた。
土埃が舞い上がった。
「右近さん……」
およしは笑いを消した。
「見事な袈裟懸けだ……」
島崎は、薄く笑って絶命した。
平八郎の袈裟懸けの一太刀は、島崎のものより辛うじて速かった。
平八郎は残心の構えを解き、大きな吐息を洩らした。
「平八郎さん」

長次の驚きの声があがった。

平八郎の視野におしまが過《よぎ》った。

おしまは眼を固く瞑《つむ》り、包丁を握り締めておよしに体当たりした。

「お、お姉ちゃん……」

およしは、おしまに戸惑った笑顔を向けた。

「ごめんね、およし……」

おしまは涙を零し、およしに包丁を尚も突き入れた。

およしは笑った。子供のように声をあげて愉しげに笑った。そして、おしまの腕の中で仰け反るように絶命した。

おしまは、およしの死体を抱き締めて嗚咽《おえつ》を洩らした。

「おしまさん……」

平八郎は茫然と立ち竦んだ。

おしまは、妹のおよしが人殺しとして死罪になるのが哀れに思えてならなかった。

おしまは泣き続けた。己の手で殺した妹のおよしの死体を抱き締めて泣き続けた。

平八郎と長次は、立ち尽くすしかなかった。

五間堀の流れは、哀しみ色に鈍く輝いていた。

島崎右近とおよしは死に、浪人殺しのすべては終わった。

おしまは、およしが下手人《げしゅにん》と知りながら黙っていた罪で江戸所払いになった。

およし殺しに関しては、姉として妹を哀れみ、人殺しの下手人を成敗したとして情状を酌量《しゃくりょう》された。

おしまは、江戸から姿を消した。

飲み屋『お多福』の暖簾は、二度と風に吹かれて揺れる事はなかった。

第三話　家灯り

た。

一

木戸口の地蔵の頭は光り輝いていた。

それは、長屋の住人たちが出入りする度に手を合わせ、頭を一撫でするからだった。

数十年前、長屋が出来て以来続く住人たちの縁起担ぎだった。

平八郎は地蔵に手を合わせ、その頭を一撫でして長屋を出た。

明神下の通りは朝の忙しい時も終わり、行き交う人の足取りものんびりしていた。

平八郎は、口入屋『萬屋』に向かった。

口入屋『萬屋』は、すでに日雇い仕事の周旋を終え、暖簾《のれん》を長閑《のどか》に揺らしていた。

平八郎は、『萬屋』を窺った。

店の奥の帳場は暗く、主の万吉らしき男が背中を丸めて帳簿を付けていた。

平八郎は覗いた。

刹那、帳簿付けをしていた男が、殺気を感じた剣客の如くに鋭く振り向いた。流石《さすが》の平八郎も隠れる間はなかった。振り向いた男は、やはり『萬屋』の主の万吉だった。

「やあ……」

平八郎は微笑み掛けた。

万吉は、狸面の小さな眼を光らせて手招きした。

平八郎は戸惑った。

今日の日雇い仕事はすでにないはずだ。

「なんですか……」

平八郎は、『萬屋』の暖簾を潜《くぐ》った。『萬屋』の帳場は日差しが届かず、ひんやりとしていた。

「まあ、お掛けなさい」

万吉は、平八郎をあがり框《かまち》に迎え、出涸《でが》らしの茶を出した。

「うん……」

平八郎は、あがり框に腰掛けて出涸らしの茶を啜《すす》った。

「平八郎さん。ちょいと一仕事、やってみませんか」

万吉は、狸面を崩して笑った。

「仕事、まだあるんですか……」

「とっておきです。やりますか……」

万吉はどんな仕事かも云わず、やるかどうかを尋ねた。

面倒な仕事……。

平八郎の直感が囁いた。

「どんな仕事ですか……」

「駕籠清《かごきよ》の仕事ですよ」

『駕籠清』は、下谷広小路にある駕籠屋であり、平八郎は今までにも働いた事があった。

「駕籠舁《かき》か……」

駕籠舁仕事は、体力のいる厳しい仕事だが、良い客が乗ると酒手《さかて》も弾んで貰える割の良い仕事だ。

平八郎は懐と相談した。だが、相談するまでもなく、金は剣術道場『撃剣館』の仲間と酒に使い果たしていた。

「やるしかないか……」

平八郎は思いを巡らせた挙句《あげく》、微かに呟《つぶや》いた。

「はい。決まった」

万吉は、微かな呟きを聞き逃さず、すかさず話をまとめた。

恐るべき地獄耳だ……。

平八郎は呆れた。


下谷広小路は、上野寛永寺や不忍池に行き交う人々で賑わっていた。

そこの北大門町《きただいもんちょう》に駕籠屋『駕籠清』はあった。

平八郎は、『駕籠清』の番頭の為五郎《ためごろう》に万吉の周旋状を渡した。

「やっぱり、旦那が来てくれましたか……」

為五郎は、前にも働いた事のある平八郎を笑顔で迎えた。

「うん。よろしく頼むよ」

平八郎は頭を下げた。

「いえ、いえ。駕籠舁の太吉《たきち》が腹を壊して寝込んでしまいましてね。こちらこそよろしくお願いします」

為五郎は、平八郎と先棒の利助《りすけ》を引き合わせた。

利助は、中肉中背の三十歳過ぎの男だった。

「矢吹平八郎です。よろしく頼みます」

「利助です。こちらこそよろしくお願いします」

利助と顔合わせを終えた平八郎は、駕籠舁の半纏《はんてん》に着替え、手甲脚絆《てっこうきゃはん》に草鞋《わらじ》で身を固めて手拭《てぬぐい》で頬被りをした。そして、息杖《いきづえ》を手にして利助の処に行った。

「仕度《したく》、出来ましたか」

「ええ」

「じゃあ行きますか……」

「合点だ」

利助は苦笑し、駕籠の先棒に肩を入れた。平八郎は後棒に肩を入れ、利助と息を合わせて駕籠を担ぎ上げた。

平八郎と利助は、下谷広小路の立場に向かった。

立場は駕籠の休息所であり、客を待つ処でもある。

平八郎と利助の駕籠には、立場に行く前に商家の旦那の客がついた。

日本橋室町《むろまち》……。

商家の旦那の行き先だ。

利助と平八郎は、駕籠に客を乗せて御成《おなり》街道を神田川に架かる昌平橋《しょうへいばし》に向かった。

御成街道は、将軍家が上野寛永寺に参詣《さんけい》する時に使われる道だ。

利助と平八郎は、息を合わせて駕籠を担いだ。息が合わなければ、駕籠は大きく揺れて疲労も激しい。だが、面白い事に平八郎と利助の息はすぐに合うようになった。

利助は、何か武芸を修行したのかもしれない……。

平八郎は思いを巡らせた。

利助は、確かな足取りで平八郎を気遣いながら進んだ。

神田川に架かる昌平橋を渡り、八《や》ツ小路《こうじ》から神田須田《すだ》町《ちょう》を進むと日本橋になる。室町は日本橋を渡る手前だ。

平八郎と利助は、大した苦労もなく日本橋室町の目的地に着いた。

商家の旦那が降りた後、両国広小路に行く客が乗った。

平八郎と利助は、新たな客を乗せた駕籠を担いで両国広小路に向かった。

隅田川《すみだがわ》を吹き抜けた川風は、駕籠舁として働いた平八郎の身体に心地良かった。

平八郎と利助は、浅草花川戸《はなかわど》の一膳飯屋で遅い昼飯を食べた。

丼飯を掻き込み、味噌汁を啜る。

昼飯を食べ終えた利助は、平八郎に茶を注ぎ足してくれた。

「こいつは、すみません」

「ついでだよ」

利助は、照れを隠すように仏頂面《ぶっちょうづら》を作って茶を啜った。

平八郎は、飯を食べ終えて茶を啜った。

利助は、慣れない平八郎を何かと気遣ってくれた。

「そうだ、利助さん。何か武芸を修行した事はありませんか」

「武芸……」

利助は戸惑った。

「ええ。息が良く合うんでね」

平八郎は微笑んだ。

「息……」

「ええ。私は剣術の修行をしていて、その息遣いで駕籠を担いでいるのですが、利助さんの息遣いと良く合うので、ひょっとしたらと思いましてね」

「武芸なんて修行した事ありませんよ。した事があるのは錠前師の修業だけです」

利助は苦笑した。

「錠前師……」

「ええ。大昔の事です」

利助は、遠くを眺めた。

「じゃあ何故、駕籠舁を……」

「えっ……」

「錠前師なんて滅多にいないし、仕事は多いはずですが……」

平八郎は眉をひそめた。

「いろいろありましてね。さっ、そろそろ仕事に戻りますか」

利助は、話を打ち切って一膳飯屋を出た。

平八郎は続いた。


利助と平八郎の駕籠に客はすぐついた。

客の行き先は深川清住町《きよずみちょう》だった。

利助と平八郎は、吾妻橋を渡って本所に入り、大川沿いの道を深川清住町に向かった。

竪川を渡って公儀の御舟蔵の傍を抜け、新大橋の東詰から小名木川に架かる万年橋《まんねんばし》を通ると清住町だ。

利助と平八郎は、駕籠を担いで大川沿いの道を進んだ。

大川から吹き抜ける川風は、駕籠を担ぐ平八郎に心地良かった。

客は清住町で降りた。

平八郎と利助は、小名木川に架かる万年橋の袂の立場に空駕籠を下ろし、休息を取りながら新たな客を待った。

「おう。利助じゃあねえか」

遊び人風の男が、二人の仲間と一緒にやって来た。

利助は、顔を僅かに歪めた。

「達者だったかい……」

遊び人風の男は、嘲《あざけ》りを滲《にじ》ませた眼を利助に向けた。

「ああ……」

利助は視線を背《そむ》けた。

「どうだい。近頃、あっちの方は……」

遊び人風の男は薄笑いを浮かべ、利助に絡むように話し掛けてきた。

「虎造《とらぞう》、見てのとおり、お客を待っているんだ。話は勘弁してくれ」

利助は嫌った。

「だったら幾らか出して貰おうか……」

虎造と呼ばれた遊び人風の男は、利助の顔の前に掌を出した。

金……。

平八郎は、虎造が利助に金を出せと云っているのに気付いた。

利助は、虎造に何らかの弱味を握られているのか……。

平八郎は、成り行きを見守った。

「行きますぜ」

利助は、平八郎を一瞥して駕籠の棒に肩を入れた。

「おう」

平八郎は、利助に続いて棒に肩を入れた。

「待ちな」

虎造が怒鳴り、仲間の二人が素早く行く手を遮《さえぎ》った。

「虎造……」

利助の眼に暗さが過《よぎ》った。

「利助、手前《てめえ》、俺の頼みが聞けねえのかい」

虎造は凄味を利かせた。

「ちょいと待ってくれ」

平八郎は割って入った。

虎造は、平八郎を睨み付けた。

「何だ、手前……」

「酒手には俺の取り分もあるんだ。そいつを忘れないで欲しいな」

平八郎は、虎造たちに笑い掛けた。

「煩《うる》せえ」

虎造は、平八郎を突き飛ばそうとした。

平八郎は、身体を僅かに反らして、虎造の手を摑み、素早く投げを打った。

虎造は大きく弧を描き、小名木川に派手な水飛沫《しぶき》をあげた。

「野郎……」

二人の仲間は驚き、怯えたように後退《あとじさ》りした。

平八郎は、二人に一気に迫って捕まえ、小名木川に放り込んだ。

水飛沫が派手にあがり、日差しに煌《きら》めいた。

何の理由もなく金をたかる者はいない。

虎造が、利助に金を要求する裏には、何らかの理由があるはずだ。

利助には、虎造に金をたかられる弱味があるのだろうか。あるとしたなら、それは一体何なのか……。

利助の足取りには、虎造に出逢う以前と比べると、僅かながら疲れた様子が窺えた。

利助には裏がある……。

平八郎の直感が囁いた。

その後、平八郎と利助は客を乗せて江戸を廻り、夕暮れ時を迎えた。

不忍池は夜を迎え、静けさに覆われた。

下谷北大門町の駕籠屋『駕籠清』は、戻って来た駕籠舁たちの酒手を精算し、それぞれに稼ぎに応じた給金を渡した。

「いろいろ世話になった」

平八郎は、利助に礼を云った。

「いいえ。こちらこそ……」

利助は、硬い面持ちで頭を下げた。

「矢吹の旦那……」

番頭の為五郎がやって来た。

「なんですか……」

「太吉の腹痛、まだ治らないそうでしてね。よろしければ明日もお願いしたいんですが」

「利助さんさえ良ければいいが……」

「どうだい利助」

「あっしに異存はありませんよ」

「よし、決まった」

為五郎は手を打った。

「じゃあ、明日もよろしく頼みます」

平八郎は頭を下げた。

「こちらこそ……」

利助は、給金を握り締めて『駕籠清』を出て行った。

平八郎は、利助が気になった。

虎造と逢って以来、笑顔の欠片《かけら》も見せない利助が気になって仕方がなかった。

平八郎は利助を追った。

利助は、下谷広小路から上野寛永寺の東側、山下《やました》を進んだ。

平八郎は尾行した。

利助は不意に立ち止まり、背後を振り返った。平八郎は素早く物陰に隠れた。

利助は、背後の闇を透かし見て、再び歩き出した。

利助は、明らかに尾行を警戒している。

平八郎は戸惑いを覚えた。

山下を抜けた利助は、入谷に入った。

入谷は真源院鬼子母神で名高い処だ。

利助は、御切手町《おぎってちょう》にある小さな沼の傍の長屋の木戸を潜った。

「あっ、お父っちゃんだ」

母親と井戸端にいた五歳ほどの男の子が、利助に気が付いて抱きついた。

「おう。良い子にしてたか、新吉《しんきち》」

「お帰りなさい、お前さん。晩御飯出来ていますよ」

「ああ。今帰ったよ。おゆき」

利助は、女房子供に迎えられて奥の家に入った。家には明かりが温かく灯《とも》されていた。

平八郎の腹の虫が鳴いた。

昼飯以来、何も食べてはいなかった。

腹が減った……。

平八郎は踵《きびす》を返し、神田明神門前の居酒屋『花や』に急いだ。

駕籠屋『駕籠清』の駕籠舁たちは、仕事に出掛ける仕度に忙しかった。

平八郎は、『駕籠清』の台所で朝飯を食べ、駕籠の点検をした。駕籠舁たちは駕籠を担ぎ、次々と出掛けて行った。

平八郎は、利助の来るのを待った。だが、利助はなかなか現れず、平八郎たちの駕籠は最後の一挺《ちょう》になった。

「遅れるような奴じゃあないんですがね」

番頭の為五郎は眉をひそめ、苛立ちをみせた。

「遅くなって申し訳ありません」

利助が駆け込んで来た。

「どうしたんだい利助。お前さんらしくもない」

「へい。すみません。旦那、勘弁して下さい」

利助は、平八郎に詫びた。

「いいえ。じゃあ行きましょう」

「へい」

平八郎と利助は、駕籠を担いで『駕籠清』の溜りを出た。

朝の下谷広小路には連なる店が暖簾を掲げ、寛永寺を参拝する人がちらほらしていた。

利助と平八郎は、下谷広小路の立場に向かった。

平八郎は、背後に人の気配を感じた。

誰かが尾行《つけ》て来る……。

平八郎は背後に神経を集中した。

尾行者は確かにいる……。

平八郎に尾行される覚えはない。だが、自分になくても、相手には尾行する理由があるのかもしれない。

もし、過去の事件に関わる危ない者なら利助に迷惑を掛けてしまう。

さっさと片を付けるべきだ……。

平八郎は決めた。

「利助さん、不忍池まで行きましょう」

「不忍池……」

利助は戸惑いを見せた。

「ええ……」

利助と平八郎は、不忍池の畔で駕籠を降ろした。

「ま、一休みしましょう」

平八郎は、背後を窺った。

木立の陰に人影は潜んだ。

「どうかしましたか……」

利助の眼に怯えが過った。

平八郎は気付いた。

尾行されているのは自分ではなく、利助なのかもしれない……。

「利助さん、何者かが私たちを尾行《つけ》て来ています。身に覚えありますか」

「えっ……」

利助は顔色を変え、慌てて背後を見廻した。

身に覚えがある……。

後を尾行て来る者の狙いは利助なのだ。

平八郎は確信した。

「どうします」

平八郎は、利助に尾行る者をどうするか尋ねた。

「どうするって……」

「捕まえて、どうして尾行るのか吐かせますか……」

「いえ。それは……」

利助は、戸惑いと躊躇《ためら》いを見せた。

「何か拙《まず》い事でもあるんですか」

平八郎は眉をひそめた。

「旦那……」

利助は、顔を歪めて半泣きになった。

面倒に巻き込まれている……。

平八郎の直感が囁いた。

「このままじゃあ妙に思われます。続きは歩きながらにしましょう」

平八郎と利助は駕籠を担ぎ、ゆっくりと歩き出した。

尾行者は木陰から現れ、利助と平八郎の後を追って来た。

平八郎は、尾行者との距離を確かめた。

話を聞かれる心配はない。

「利助さん……」

平八郎は、利助の背に話を促した。

「旦那、あっしはその昔、盗賊のお頭の世話になった事がありましてね」

利助は、駕籠を担いで歩きながら思い切ったように話し始めた。

「盗賊……」

平八郎は緊張した。

「へい。ですが、仁義を通してすぐに足を洗いました。それなのに……」

利助は、鼻水を啜る音を鳴らした。

泣いている……。

おそらく利助は、顔を哀しげに歪めて泣いているのだ。

平八郎は戸惑った。

「押し込みを手伝えと付きまとうのです」

利助は、昔世話になった盗賊の頭に誘いを掛けられている。錠前師の修業をした利助は、盗賊として役に立つのだろう。

「それで……」

「手伝わなければ、あっしは勿論、女房子供の命もねえと……」

利助は鼻水を啜った。

「酷い話だな」

平八郎は驚き、怒りを覚えた。

「へい……」

「それにしても、どうして盗賊のお頭なんかと知り合ったのだ」

「それが……」

利助は言葉を濁した。

「駕籠屋さん……」

大店《おおだな》のお内儀のお供らしき女中が、平八郎と利助を呼び止めた。

「はい」

「浅草の駒形《こまがた》まで行って欲しいんですけど」

「へい。どうぞ……」

平八郎と利助は駕籠を降ろした。

利助は駕籠に乗るお内儀の介添えをし、平八郎はそれとなく背後を窺った。

風呂敷包みを持ったお店者《たなもの》が、素早く物陰に隠れた。

盗賊の一味……。

平八郎は見届けた。

二

利助と平八郎は、大店のお内儀を駕籠に乗せて浅草に向かった。

女中は駕籠脇を進んだ。

御徒町《おかちまち》の武家屋敷街から三味線堀《しゃみせんぼり》の傍を抜けて進むと、浅草御蔵前の蔵前通りに出る。そして、蔵前通りを北に向かうと駒形町になる。

大店のお内儀は、駒形堂の傍で駕籠を降りた。

「はい。お世話さま」

お内儀は利助に酒手を渡し、女中を従えて駒形町の路地に入って行った。

昼飯にはまだ早い。

平八郎と利助は、浅草広小路の立場に向かった。

お店者の姿は見えなかった。だが、尾行ているのに間違いはない。

しばらくの間、普通に駕籠舁の仕事をして尾行者の出方を窺う。

平八郎は、慎重に事を運んだ。


時が過ぎた。

平八郎と利助は、神田川に架かる柳橋で昼飯時を迎えた。

「さあて、昼飯にしますか」

平八郎は、利助を昼飯に誘った。

「へい」

「じゃあ、あの蕎麦屋に行きましょう」

平八郎は、柳橋の袂にある蕎麦屋『藪十《やぶじゅう》』を示した。

『藪十』の主の太市《たいち》は、平八郎と利助に茶を差し出した。

平八郎と利助は、太市に温かい蕎麦と丼飯を頼んだ。

店内にいる客は、平八郎や利助より先に来ている者たちだけで、後から来た者はいない。

尾行者はいない……。

平八郎は、窓の障子を僅かに開けて外を窺った。

外には平八郎たちの駕籠があり、後を尾行てくるお店者はいなかった。

「どうですか……」

利助は、平八郎に怯えた眼を向けた。

「姿は見えませんが、必ず何処かに……」

利助は、思わず店内を見廻した。

「大丈夫です。店の中にはいませんよ」

平八郎は茶を飲んだ。

「で、さっきの話の続きですが、どうして盗賊の頭なんかと知り合いになったのです」

平八郎は声を潜めた。

「六年前、あっしは親方の処での修業を終え、やっと一人前の錠前師になりました。

そして、実家に戻ったら幼馴染みの娘が、死んだ父親の残した借金の形に、女郎屋に身売りさせられそうになっていたんです。それで、あっしは金が欲しくて……」

利助は項垂《うなだ》れた。

「博奕《ばくち》打ちの虎造に、金を都合出来ないか尋ねたんです」

「虎造ってのは、昨日の野郎ですね」

「はい。そうしたら盗賊のお頭に引き合わされたんです。そして……」

利助は鼻水を啜った。

「押し込みの手伝いをしたんですか……」

「はい。一回だけの約束をして。それで金を貰って……」

虎造は、それを利助の弱味として金をたかっているのだ。

「幼馴染みの娘さんを助けたんですね」

「はい……」

「その娘さん、今は……」

「あっしと所帯を……」

利助は、幼馴染みの娘と所帯を持って子供も出来た。

「そいつは良かった」

平八郎は微笑んだ。

「旦那、その代わり、あっしは錠前師を辞めました。もう二度と錠前や鍵には触らないと決めたんです」

以来、利助は錠前師を辞めて駕籠舁になった。利助にとって錠前師を辞めるのが、ささやかな罪滅ぼしなのだ。

平八郎は、利助の律儀《りちぎ》さが哀れになった。

「おまちどお……」

太市が、湯気の昇る蕎麦と丼飯を持って来た。

「こいつは美味そうだ。先ずは食べましょう」

「へい……」

平八郎と利助は、蕎麦を啜って丼飯を掻き込んだ。

「盗賊の頭、何処の誰です」

「そいつは……」

利助は、怯えを滲ませて箸を止めた。

「じゃあ、手伝うつもりですか」

「旦那……」

「関わり、きっぱりと断ち切らなければ、いつまでも続きます。違いますか……」

平八郎は、利助を厳しく見据えた。

「はい……」

利助は頷いた。

「誰です」

「鬼薊《おにあざみ》の長兵衛《ちようべえ》……」

盗賊・鬼薊の長兵衛……。

「近々、押し込みをやるんですか」

「五日後です」

「押し込み先は……」

「それは、分かりません」

「じゃあ、長兵衛は何処に……」

「それも、分かりません」

利助は項垂れた。

「そうですか。じゃあ後は私が引き受けました。利助さんは、長兵衛の云う通りにしていて下さい」

「じゃあ、押し込みも……」

利助は眉をひそめた。

「はい。ですから女房子供に指一本触れるなとね」

平八郎は小さく笑った。

「旦那、よろしくお願いします」

利助は、平八郎に縋《すが》る眼差しを向けて頭を下げた。

平八郎と利助は、蕎麦と丼飯を平らげて蕎麦屋を後にした。


神田川には様々な舟が行き交い、岸辺にある船宿の暖簾は揺れていた。

平八郎は、駕籠を担ぎながらそれとなく辺りを窺った。

柳橋の向こうの木立の陰にお店者がいた。

尾行者だ……。

平八郎は、尾行者がいたのに妙な安堵《あんど》を覚えた。知らない処で動かれているより、知っている処にいてくれた方が始末がしやすい。

平八郎は駕籠を担ぎ、利助と息を合わせて神田川沿いの道を神田明神に向かった。

お店者は風呂敷包みを担ぎ、得意先にでも行くかのような顔をして尾行した。

平八郎は、お店者の視線を背中に感じて進んだ。

神田明神門前の立場で客はすぐについた。

その後、平八郎と利助は、様々な客を乗せて江戸の街を忙しく働いた。

お店者は、平八郎と利助が動く度に尾行《つけ》廻した。

ご丁寧な盗賊だ……。

平八郎は嘲笑った。


日が暮れた。

仕事を終えた平八郎と利助は、駕籠屋『駕籠清』に戻った。

利助は、入谷鬼子母神傍の長屋に帰った。

お店者は、利助の後を追って行った。

利助が手伝いを納得したとなれば、盗賊の鬼薊の長兵衛から受ける危害はとりあえず考えられない。

平八郎は、下野広小路北大門町の駕籠屋『駕籠清』を出て浅草駒形町に急いだ。

浅草駒形町の老舗《しにせ》鰻屋『駒形鰻』からは、蒲焼《かばやき》の美味そうな香りが漂っていた。

平八郎の腹の虫が派手に鳴いた。

「邪魔をするよ」

「いらっしゃいませ。あっ、平八郎の旦那さん」

小女のおかよが賑やかに迎えた。

「やあ。若旦那、いるかな」

「はい。呼んで来ます」

おかよは、奥に駆け込んで行った。

店内には、蒲焼の香りと客で一杯だった。

「いらっしゃい。平八郎さん、どうぞ、お上がり下さいな」

女将のおとよが板場から現れ、平八郎を小座敷に案内した。

「造作を掛けます」

平八郎は、おとよに案内されて小座敷にあがった。

「お待たせしました」

若旦那の伊佐吉がやって来た。

「いや。急に申し訳ない」

「いいえ。おっ母さん、酒と鰻を……」

「心得ていますよ。じゃあ平八郎さん、ごゆっくり」

「ありがとうございます」

女将のおとよは、小座敷を出て行った。

若旦那の伊佐吉は、祖父の代から三代続いている岡っ引だった。

「それで、どうかしましたか……」

「伊佐吉親分、鬼薊の長兵衛って盗賊の頭を知っているか」

「鬼薊の長兵衛……」

伊佐吉の眼は、鰻屋の若旦那のものから岡っ引の鋭いものに変わった。

「知っているようだな」

平八郎は小さく笑った。

「そりゃもう、長兵衛の野郎がどうかしましたかい」

伊佐吉は膝を進めた。

「実はな……」

平八郎は、駕籠舁の日雇い仕事をし、相棒の利助と知り合ったところから説明し始めた。そして、鬼薊の長兵衛が利助の錠前師としての腕を利用し、押し込みを企んでいる事を告げた。

「鬼薊の長兵衛……」

伊佐吉は、猪口の酒を啜った。

「うん。酷い野郎だ」

平八郎は酒を飲み、蒲焼を摘《つま》んだ。

鰻の蒲焼は少々冷えてはいたが、たとえようもなく美味かった。

「で、どうするつもりなんですかい」

伊佐吉は手酌で酒を飲んだ。

「鬼薊を始末し、何とか利助さんを助けてやりたいと思っている」

平八郎は、猪口の酒を飲み干した。

「分かりました。じゃあ、高村の旦那に事の次第をお報《しら》せし、長さんや亀吉に働いて貰います」

伊佐吉は、平八郎の猪口に酒を満たした。

「うん。先ずは鬼薊の長兵衛の居所だ」

平八郎は酒を啜り、伊佐吉の猪口に酒を満たした。

「ええ……」

平八郎と伊佐吉は、鰻の蒲焼を肴に酒を飲みながら盗賊鬼薊一味の壊滅を相談した。

駕籠屋『駕籠清』は、仕事に出掛ける駕籠で賑わっていた。

平八郎は、利助と駕籠の仕度をしながら外を見廻した。

長次と亀吉は、すでに物陰に潜んでいた。

二人は、利助を尾行る者を逆に追い、その行き先を突き止める。おそらくそこには、盗賊の頭である鬼薊の長兵衛がいる。

平八郎と伊佐吉はそう睨み、長次と亀吉を手配りしたのだ。

「じゃあ行きますか」

「へい」

平八郎は、利助を促して駕籠を担いだ。

白髪頭の老武士の行き先は神田三河町《みかわちょう》だった。

平八郎と利助は、老武士を乗せた駕籠を担いで息を合わせて歩き始めた。

下谷広小路の立場から御成街道、そして神田川を渡ると神田三河町だ。

平八郎と利助は進んだ。

平八郎と利助の駕籠は老武士を乗せ、御成街道に向かった。

長次と亀吉は、駕籠を尾行る者がいるかどうか眼を凝《こ》らした。

手拭で頬被りをした人足が物陰から現れ、平八郎たちの駕籠の後を追った。

「野郎だ……」

長次は亀吉を促し、頬被りの人足を尾行た。

「へい……」

亀吉は、微かに身震いして長次に続いた。

平八郎と利助の駕籠は、老武士を乗せて御成街道を神田川に進んだ。

頬被りの人足は、駕籠を担ぐ平八郎と利助を尾行した。

「亀吉、このまま追ってくれ。俺は野郎の顔を確かめる」

「はい」

長次は、御成街道と並んでいる裏通りに走った。そして、御成街道に繋がる路地に潜んだ。やがて、利助と平八郎が駕籠を担いで通り過ぎ、頬被りをした人足が近付いて来た。

長次は眼を凝らした。

頬被りをした人足は、鋭い眼差しをした中肉中背の若い男だった。

見覚えのない顔だ……。

長次は、眼の前を通り過ぎて行く頬被りをした人足を見送った。

「長次さん……」

亀吉が駆け寄って来た。

「どうでした」

「見覚えのない顔だ」

「そうですか……」

長次と亀吉は路地を出た。

利助と平八郎の駕籠は、老武士を乗せて神田川に架かる昌平橋を渡った。

神田に入った利助と平八郎の駕籠は、三河町にある骨董屋《こっとうや》の前で老武士を降ろした。

老武士を降ろした駕籠は、日本橋の通りに出て新たな客を乗せた。そして、日本橋通りから浜町《はまちょう》に向かった。

頬被りをした人足は、利助と平八郎の背中を睨みつけ、行き交う人々に隠れるように尾行し続けた。

長次と亀吉は追った。

南町奉行所定町廻り同心高村源吾は、出涸らしの茶を啜った。

「鬼薊の長兵衛か……」

「ええ。押し込み先の者たちを情け容赦《ようしゃ》なく殺める非道な盗賊です」

「ああ。噂は俺も聞いているが、江戸じゃあ滅多に押し込みをしねえと聞いているぜ、伊佐吉」

「はい。川越《かわごえ》や小田原《おだわら》など、もっぱら江戸の周りで押し込みをやっているそうです」

「その鬼薊が、江戸で押し込みを働くか……」

高村は厳しい面持ちになった。

「はい」

「それで、平八郎さんと長次たちが動いているんだな」

「はい」

「よし、俺も鬼薊の長兵衛一味の詳しい事を調べる。抜かりのねえように頼むぜ」

「承知しました」

時が過ぎ、日暮れが近づいた。

平八郎と利助は、客を乗せながら下谷広小路北大門町の駕籠屋『駕籠清』に戻り始めた。

頬被りの人足の足取りはようやく緩んだ。

「平八郎さん、どうやら店仕舞いですね」

亀吉は吐息を洩らした。

一日中、他人を密かに尾行廻すのは、気も身体も思った以上に疲れる。

「ああ、これからが勝負だ」

長次は、頬被りの人足を厳しい眼差しで見つめた。

「へい……」

亀吉は、微かな疲れを滲ませて勇《いさ》んだ。

長次は苦笑した。

駕籠屋『駕籠清』を出た利助は、女房子供の待っている入谷に向かった。

途中、下谷広小路の外れで売れ残りのしゃぼん玉を安く買った。おそらく幼い子供への土産だ。利助はしゃぼん玉の入った竹筒を手にし、暮れたばかりの夜道を急いだ。

頬被りの人足は、慣れた足取りで利助を尾行した。

利助に町奉行所に駆け込んだり、役人や岡っ引と接触する気配はない……。

子供に土産を買ったのは、真っ直ぐ家に帰る証拠だ。

後は家に入るのを見届けるだけだ……。

頬被りの人足は利助を尾行た。


入谷鬼子母神傍の長屋には明かりが灯り、家族の温かい笑い声が洩れていた。

利助は、長屋の奥の家に入った。

「帰ったぜ」

「お帰りなさい」

「あっ、しゃぼん玉だぁ」

女房と男の子の喜ぶ声が利助を迎えた。

利助は、読みの通り真っ直ぐ家に帰った。

頬被りの人足は、木戸口で見送って潜んだ。

長次と亀吉は、木戸口が見通せる物陰に潜んで見守った。

「どうですか……」

着替えた平八郎が、追って背後に現れた。

「木戸口ですぜ」

長次は木戸口の暗がりを示した。

平八郎は、木戸口の暗がりを透かし見た。

暗がりには頬被りの人足が潜んでいた。

頬被りの人足は、昨日の風呂敷包みを持ったお店者だった。

四半刻が過ぎた。

頬被りの人足は、木戸口の暗がりを出て下谷に戻り始めた。

「長次さん……」

「ええ。亀吉、俺は先に行く。平八郎さんと後から来てくれ」

「合点です」

長次は、頬被りの男を暗がり伝いに追った。

「じゃあ平八郎さん……」

「はい」

亀吉と平八郎は、暗がりに微かに見える頬被りの人足の尾行を開始した。

平八郎は、利助の家を振り返った。

利助の家には明かりが灯っていた。そのささやかな明かりには、温かさが溢れていた。

利助が、必死に守ろうとしている明かりだ。

この明かりを消させはしない……。

平八郎は、亀吉と頬被りの人足を追った。


入谷から浅草は近い。

頬被りの人足は、浅草の浅草寺に抜ける道を進んだ。

下谷山伏町《やまぶしちょう》から海禅寺《かいぜんじ》のある寺町を抜けると、浅草寺の西側に出る。

頬被りの人足は、浅草寺の傍の道を浅草田圃に向かった。

浅草田圃は月明かりに緑を揺らしていた。

頬被りの人足は、浅草田圃の間の道を通って山谷堀《さんやぼり》に出た。遠くに新吉原の明かりが見え、三味線や太鼓の音色が風に運ばれている。

頬被りの人足は、山谷堀の傍にある古い百姓家に向かった。平八郎と亀吉は追った。

三

古い百姓家は月明かりに浮かんでいた。

その裏の山谷堀の流れには小さな船着場があった。

頬被りの人足は、辺りを見廻して板戸を小さく叩いた。

板戸が中から開けられた。

頬被りの人足は、頭から手拭を取って古い百姓家に入った。同時に板戸が閉まった。

平八郎と亀吉は見届けた。

浅草田圃の緑から長次が現れた。

「鬼薊の長兵衛、あの家にいるんですかね」

平八郎は、長次の睨みを訊いた。

「きっと、今はね……」

長次は、古い百姓家を見つめた。

「今は……」

平八郎と亀吉は戸惑った。

「亀吉、丈吉の処に走り、猪牙舟を持って来るように云ってくれ」

「丈吉ですか」

「うん。家の裏に船着場があってな。ひょっとしたら、舟で出入りしているのかも知れない」

「分かりました。じゃあ……」

亀吉は、田圃の中を駆け去った。

平八郎と長次は、浅草田圃に潜んで古い百姓家を見張った。


鉄瓶は音を鳴らして湯気を噴き上げていた。

鬼薊の長兵衛は長火鉢の前に座り、若い妾《めかけ》のお艶《つや》の酌で酒を飲んだ。

「喜多八《きたはち》、それで利助は真っ直ぐ家に帰ったのだな」

赤ら顔の長兵衛は、長火鉢の前に畏まっている人足姿の男に鋭い眼差しを向けた。

「へい。昨日今日と何処にも寄らず、誰にも逢わずに……」

喜多八と呼ばれた人足姿の男は、嘲りを滲ませて鬼薊の長兵衛に告げた。

「よし、明日にでも手伝うかどうか念を押してみよう。御苦労だったな。ま、こいつで一杯やりな」

長兵衛は、喜多八に小判を放った。

小判は音を鳴らして畳に転がり、光り輝いた。


四半刻が過ぎた。

人足姿の男が、古い百姓家から出て来て浅草聖天町《しょうでんちょう》に向かった。

「長次さん、じゃあ……」

「はい。お気をつけて……」

平八郎は、長次を残して男を追った。

長次は、田圃の中を山谷堀の船着場の見える場所に移動した。


男は、聖天町から花川戸町に抜けて小さな居酒屋に入った。

平八郎は、しばらく間を置いて居酒屋に入った。

店内では数人の人足が酒を飲んでいた。

「いらっしゃい」

平八郎は、店の親父に迎えられて隅の席に座った。

平八郎は酒を頼み、男を窺った。

男は、運ばれた酒を手酌で飲んでいた。

店の親父が男に肴を運んだ。

「喜多八、里芋の煮っ転がしだ」

「こいつは美味そうだ」

喜多八……。

利助を尾行廻した人足の名前は分かった。おそらく喜多八は、鬼薊の長兵衛配下の盗賊なのだ。

平八郎は手酌で酒を飲みながら、喜多八の様子を見守った。


盗賊・鬼薊の長兵衛の人相書が広げられた。

「こいつが鬼薊の長兵衛ですかい……」

伊佐吉は、人相書を覗き込んだ。

いかつい顔に鋭い眼差しの長兵衛の顔が描かれていた。

「ああ。随分前、小田原の町奉行所から届けられたそうだ。手下は八人ほどいる」

「八人……」

おそらく、利助を尾行廻す人足も八人の手下の一人なのだ。

伊佐吉は思いを巡らせた。

高村は、酒を飲んで蕎麦を啜った。

「ところで旦那、平八郎さんが一つお願いがあるそうなんですが……」

伊佐吉は高村を窺った。

「利助かい……」

高村は苦い笑みを浮かべた。

「はい……」

伊佐吉は、高村を見つめて頷いた。

「長兵衛を手伝ったのは昔の事だし、今度は長兵衛の押し込みを報せてくれたんだ。心配は無用だぜ」

「そいつはありがとうございます。平八郎さんも喜びます」

伊佐吉は顔を綻《ほころ》ばせた。

「まったく、平八郎さんも親分も良い人だぜ」

高村は呆れたように笑った。

「そいつは旦那も同じでさあ」

「違いねえ」

高村と伊佐吉は、声を揃えて笑った。

田畑の緑は夜風に揺れた。

「長次さん……」

亀吉が船頭の丈吉を連れて来た。

「急にすまないな、丈吉」

「いいえ。猪牙はこの先に繋いで来ました」

「うん。で、話は……」

「へい。亀吉の兄貴から聞きました」

「そうか。よろしく頼むよ」

「へい」

丈吉は勇み立った。

「それで奴らに動きは……」

亀吉が、古い百姓家を窺った。

「人足野郎が帰ってな。平八郎さんが追った」

「そうですか……」

夜空に櫓の軋《きし》みが響いた。

長次たちは、山谷堀に眼を凝らした。

櫓の軋みは、隅田川の方から響いて来ていた。やがて、山谷堀の暗がりから猪牙舟が現れた。

長次たちは、身を潜めて猪牙舟の動きを見守った。

猪牙舟は古い百姓家の裏の船着場に船縁を寄せた。そして、船頭が降り、古い百姓家の板戸を叩いた。板戸が開き、いかつい顔の初老の男が、若い女に見送られて出て来た。

「じゃあな、お艶……」

「はい。お頭もお気をつけて……」

盗賊・鬼薊の長兵衛だ……。

長次は、亀吉と丈吉に頷いてみせた。

亀吉と丈吉が、微かに喉を鳴らした。

鬼薊の長兵衛は、船頭に誘われて裏の船着場から猪牙舟に乗った。船頭は、長兵衛を乗せた猪牙舟の舳先《へさき》を隅田川に向けた。

「長次さん……」

亀吉が腰を浮かした。

「うん。丈吉、猪牙だ」

「へい」

長次と亀吉は、丈吉を先頭に猪牙舟を繋いである処に走った。

長兵衛を乗せた猪牙舟は、山谷堀を潜って隅田川に向かって行った。

丈吉は、長次と亀吉を猪牙舟に乗せて舳先を隅田川に廻した。

長兵衛を乗せた猪牙舟は、山谷堀今戸橋《いまどばし》を潜って隅田川に出た。そして、隅田川の流れに乗った。

丈吉の猪牙舟は、長次と亀吉を乗せて隅田川の流れを下った。

行く手に浅草吾妻橋が見えてきた。

隅田川は吾妻橋を境に大川と呼ばれる。それは、吾妻橋が大川橋とも呼ばれたからだとされる。

長兵衛の乗った猪牙舟は、吾妻橋を潜って大川を尚《なお》も下った。

「何処に行くんですかね」

亀吉は眉をひそめた。

「うん。神田川に入るのか、本所深川か……」

長次は、長兵衛の乗った猪牙舟の船行燈を見つめた。

大川には三味線と太鼓の音が漂い、舟遊びの屋形船や屋根船が行き交っていた。

丈吉は猪牙舟を巧みに操り、長兵衛の乗った猪牙舟を追った。

長兵衛の乗った猪牙舟は、両国橋を潜って東岸に寄り始めた。

大川の東岸は本所・深川だ。

すでに両国橋の傍の本所竪川は過ぎた。

「残るは小名木川、仙台堀、油堀川《あぶらぼりがわ》。どれに入るかだな」

長次は、先を行く猪牙舟の船行燈を見つめ続けた。

長兵衛の乗った猪牙舟は、小名木川を過ぎた。残るは仙台堀か木置場から大川に抜ける油堀川だ。

丈吉は、緊張した面持ちで猪牙舟の櫓を漕いだ。

「長次さん……」

丈吉の声が緊張した。

「うん」

長兵衛の乗った猪牙舟は仙台堀に入った。

「仙台堀だ……」

亀吉が喉を鳴らした。

丈吉は、間を詰めて仙台堀に入った。

猪牙舟の船行燈が揺れながら右手の掘割に曲がった。

丈吉は櫓を漕ぐ手を速めた。

長兵衛の乗った猪牙舟は、油堀川を横切って松賀町《まつがちょう》の堀留に入った。

「丈吉、あそこは」

「へい。松賀町の堀留です」

「よし。堀留を過ぎた処で停めろ」

「合点だ」

亀吉は、素早く船行燈の火を吹き消した。

丈吉は猪牙舟を進め、堀留の前を横切って岸辺に停めた。長次と亀吉は、堀留の船着場に眼を凝らした。

堀留の船着場に降り立った長兵衛は、猪牙舟の船頭を従えて慣れた足取りで路地裏に進んだ。

長次と亀吉は岸辺にあがり、長兵衛と船頭を追った。

長兵衛と船頭は、路地裏から黒塀に囲まれた仕舞屋《しもたや》に入った。

「長次さん……」

「ああ。どうやらここが長兵衛の隠れ家だぜ」

「へい」

長次と亀吉は見届けた。

黒塀に囲まれた仕舞屋は、油堀川から大川に近く、仙台堀に抜けられ、逆に行けば大川の河口・江戸湊に出られる。そして、東に進めば木置場から横川にも抜けられた。

「舟があれば何処にでも行けますね」

亀吉は感心した。

「いざという時の逃げ道は幾らでもあるってわけだ」

「抜け目のねえ野郎ですね」

「ああ……」

長次は苦笑した。

深川の入り組んだ掘割は、月明かりに白く輝いた。

花川戸町の小さな居酒屋は、夜更けとともに客が減っていった。

客は喜多八と二人の職人、そして平八郎の四人しかいなかった。店の親父は帳場の端に座り、煙管《きせる》をくゆらしながら平八郎を時々窺った。

喜多八が帰る気配はなかった。

平八郎は、微かな苛立ちを覚えた。

潮時だ……。

平八郎の直感が囁いた。

「親父、勘定だ」

「へい……」

店の親父は、煙草盆に煙管を叩いて立ち上がった。

平八郎は、暗がりに潜んで大きく背伸びをした。

小さな居酒屋は静かなままだった。

平八郎は、喜多八が出て来るのを待った。

喜多八と二人の職人も帰らず、新たな客も訪れないまま時は過ぎた。

半刻が過ぎた。

居酒屋の腰高障子が開いた。

喜多八が帰るのか……。

平八郎は身構えた。だが、居酒屋から出て来たのは店の親父だった。親父は、鋭い眼差しで辺りを見廻し、縄暖簾を仕舞った。

店仕舞いだ……。

平八郎は意表を突かれた。

喜多八たち客がまだいるのに店仕舞いをするのか……。

平八郎は困惑した。だが次の瞬間、居酒屋が鬼薊一味に関わりがあるのだと気付いた。

居酒屋は盗賊鬼薊一味に関わりがあり、喜多八は勿論、店の親父と二人の職人も鬼薊一味の盗賊なのだ。

平八郎は確信した。

深川松賀町の仕舞屋と花川戸の居酒屋……。

「で、頭の鬼薊の長兵衛は深川松賀町の仕舞屋、手下どもは花川戸の居酒屋に潜んでいるんだな」

高村は伊佐吉に質した。

「はい。平八郎さんと長さんからそう報せがありました」

伊佐吉は頷いた。

「で、押し込み先は分かったのか」

「そいつがまだ……」

伊佐吉は悔しげに眉をひそめた。

「そうか……」

押し込み先で待ち構えた方が、鬼薊一味全員を捕縛出来る可能性は高い。だが、頭の鬼薊の長兵衛と手下の喜多八たちを捕らえ、その隠れ家と溜まり場の居酒屋を叩き潰すだけでも充分だ。

「親分、平八郎さんはどう云っているんだ」

「平八郎さんは、利助さんに関わりないように始末出来れば良いと……」

「押し込みの直前に長兵衛たちがお縄になったのが利助のせいだと、鬼薊の生き残りに知れれば、親子三人命はないか……」

「旦那。平八郎さんは、利助さん親子三人の幸せを守りたい一念です」

伊佐吉は、高村を見つめた。

「よし。だったら一気に決着をつけるか」

高村は不敵な笑みを浮かべた。


浅草花川戸の小さな居酒屋は、戸を閉めたまま静まり返っていた。

平八郎は、斜《はす》向かいにある小間物屋の二階を借り、居酒屋を見張っていた。

伊佐吉が高村とやって来た。

「平八郎さん、見張りを代わります。少し休んで下さい」

伊佐吉は、高村と平八郎に茶を淹れて差し出した。

「そいつはすまないな」

平八郎は、窓辺から離れて伊佐吉と見張りを交代した。

「で、居酒屋には何人いるんだ」

高村は茶を啜った。

「喜多八と職人のなりをした奴が二人。それに店の親父の四人です」

昨夜、喜多八と職人姿の二人の男は、小さな居酒屋から出て来なかった。

「いや。六人ですね」

窓から居酒屋を見張っていた伊佐吉が告げた。

「二人来たのか……」

高村は眉をひそめた。

「ええ。お店者と浪人の二人。そして鬼薊の長兵衛の処に船頭をしている若い野郎が一人。都合七人になりますか……」

伊佐吉は数えた。

「手配書じゃあ鬼薊の手下は八人。一人足りねえな」

「はい」

「よし。どうだ平八郎さん。今日中に決着をつけようと思うんだが、お前さん、長次のいる深川に行って貰えないかな」

高村は薄笑いを浮かべた。

「鬼薊の長兵衛の処ですか……」

平八郎は眉をひそめた。

「ああ。喜多八たち手下は、俺と伊佐吉親分が引き受けた。お前さんは長次や亀吉たちと長兵衛をな……」

高村は平八郎を窺った。

平八郎は、表情を隠すように茶を飲んだ。

「長兵衛の野郎は、おそらく大人しくお縄になりゃあしねえ。その時は遠慮は無用。叩き斬ってくれ」

高村は嘲笑を浮かべた。

「斬り棄てて良いのですか」

平八郎の眼に輝きが浮かんだ。

「どうせ打ち首獄門だ。生かしておいて、ありもしねえいい加減な事を喋られるよりはいいさ」

高村は、平八郎に苦笑して見せた。

長兵衛を斬り棄てろ……。

高村は暗に告げている。

長兵衛さえいなくなれば、利助の過去の押し込みの手伝いはどうにでも出来る。

平八郎は、高村の腹の内を読んだ。

「分かりました。長兵衛は任せて貰います」

平八郎は、高村の心遣いに感謝した。

「よし。じゃあ今晩、亥の刻四つ（午後十時）に打ち込む」

「心得た」

平八郎は、花川戸から深川松賀町に急いだ。

深川松賀町の堀留は澱《よど》み、繋がれた猪牙舟が不安げに揺れていた。

黒塀に囲まれた仕舞屋は、出入りする者もいなく静まり返っていた。

長次と亀吉は、堀留を挟んだ小松町の荒物屋の二階を借り、仕舞屋の見張りをしていた。

「長次さん、平八郎さんです」

亀吉がやって来る平八郎に気付いた。

「そうですか、今夜の亥の刻四つ、踏み込みますか」

長次は、昂《たかぶ》りも窺わせず落ち着いていた。

「同じ時刻、高村の旦那と伊佐吉親分たちが、花川戸の居酒屋に踏み込みます」

平八郎は、高村の企《くわだ》てを説明した。

「それで、平八郎さんは頭の鬼薊の長兵衛ですか……」

長次は、微かな笑みを滲ませた。

「ええ。高村さんがね」

「そいつは良かったじゃありませんか……」

長次は、高村の狙いを敏感に読んだ。

「うん。お蔭で利助さんの昔も葬《ほうむ》る事が出来るかもしれない」

平八郎は、鬼薊の長兵衛を斬り棄てる覚悟を決めた。

「そうですね……」

長次は頷いた。

「長次さん……」

仕舞屋を見張っていた亀吉が、緊張した声で長次を呼んだ。

「どうした」

長次と平八郎は、亀吉のいる窓辺に寄った。

髭面の浪人が、辺りを窺いながら黒塀の木戸を潜って仕舞屋に入って行った。

平八郎、長次、亀吉は見届けた。

八人目の手下だ……。

平八郎は睨んだ。

「長兵衛の他に船頭と浪人。大丈夫ですか」

長次は心配げに眉をひそめた。

「きっと……」

平八郎は、厳しい面持ちで頷いた。


夕陽は堀留を赤く染めて沈み、夜が訪れた。

長次は、荒物屋のおかみさんに金を渡して晩飯を作って貰った。

平八郎たちは腹ごしらえをし、亥の刻四つになるのを待った。

仕舞屋にいる鬼薊の長兵衛、浪人、船頭に動きはなかった。

時は過ぎ、夜は更けていく。

長次と亀吉は仕舞屋を見張りを続け、平八郎は亥の刻四つを待った。

寺の鐘が夜空に亥の刻四つを響かせた。

「平八郎さん……」

長次と亀吉は、懐から十手を出して握り締めた。

平八郎は、刀を握って立ち上がった。

仙台堀から続く掘割を荷船が行き、堀留の水面に小波が走った。

船着場に繋がれている猪牙舟が不安げに揺れた。

黒塀に囲まれた仕舞屋は静まり返っていた。

平八郎は、刀の下げ緒で襷《たすき》をして袴の股立ちを取った。そして、ゆっくりと数を数えて長次と亀吉が裏手に廻る間を取った。
六、七、八、九、十……。
十を数え終わった時、平八郎は黒塀の木戸口を蹴破り、猛然と駆け込んだ。そして、仕舞屋の格子戸に体当たりして中に踏み込んだ。

居間の縁起棚の下に座っていた鬼薊の長兵衛は、手下の船頭を盾にして立ち上がった。

「盗賊鬼薊の長兵衛、最早《もはや》これまでだ。覚悟しろ」

平八郎は怒鳴り、居間に踏み込んだ。

刹那、襖《ふすま》の陰から髭面の浪人が、平八郎に斬り掛かった。

平八郎は、素早く転がって髭面の浪人の刀を躱し、片膝を突いて振り向きざまの一刀を横薙ぎに放った。

肉を斬り裂く音が鈍く鳴り、赤い血が飛び散った。

髭面の浪人は、顔を醜く歪めて横倒しに倒れた。仕舞屋は揺れた。

長兵衛は、船頭を盾にして裏手に後退りした。船頭は脇差を震わせ、小刻みに歯を鳴らしていた。

平八郎は、刀の切っ先から血を滴らせて長兵衛に迫った。

長兵衛は、船頭を平八郎に突き飛ばして裏手に身を翻した。

船頭は喚《わめ》きながら平八郎に突き掛かった。

平八郎は、船頭の脇差を弾き飛ばし、刀の峰を返して首筋を鋭く打ち据えた。

船頭は、呻き声もあげずに気を失って崩れ落ちた。

長兵衛は裏手に逃げた。だが、長次と亀吉が行く手を遮った。

「神妙にしろ、長兵衛」

長次は怒鳴った。

長兵衛は逃げられないのを悟り、狂ったように脇差を振り廻した。

長次は隙を突き、長兵衛の尻を蹴飛ばした。

長兵衛は、激しく壁に叩きつけられた。

壁が崩れ、天井から埃《ほこり》が舞い落ちた。

長兵衛は眼を血走らせ、埃まみれになりながら脇差を構えた。

平八郎が迫った。

長兵衛は絶望的な咆哮《ほうこう》をあげ、平八郎に斬り掛かった。

平八郎は、刀を真っ向から斬り下げた。

長兵衛は、額を斬り割られ、外道働きの罪と利助の昔を抱えて沈んだ。はだけた着物の胸元の鬼薊の彫物は、赤い血に覆われていった。

亀吉は、気を失っている船頭に捕り縄を打った。

「終わりましたね」

長次は微笑んだ。

「はい……」

平八郎は、刀に拭いを掛けて静かに鞘に戻した。


花川戸町の居酒屋は激しく揺れ、怒号と悲鳴が飛び交った。

高村と伊佐吉は、捕り方たちを率いて喜多八たち六人の盗賊に襲い掛かった。

店の飯台や腰掛は壊れ、銚子や皿は甲高い音を立てて割れた。

居酒屋は捕り方たちで溢れた。

喜多八たちは追い詰められた。

高村と伊佐吉たちは、喜多八たちを容赦なく叩きのめした。大勢の捕り方は、重なり合って盗賊を押さえつけ、捕り縄を打った。

高村と伊佐吉たちが、盗賊・鬼薊の長兵衛の六人の手下を捕らえるのに時は掛からなかった。

丈吉は、山谷堀の百姓家にいた長兵衛の妾のお艶を捕らえ、茅場町《かやばちょう》の大番屋に引き立てた。

盗賊・鬼薊の長兵衛一味は消え去った。

平八郎は、博奕打ちの虎造を激しく痛めつけ、二度と利助に近づかないと約束させた。

木戸口の地蔵の頭は光り輝いている。

平八郎は、地蔵に手を合わせ、その頭を一撫ぜして木戸を駆け出した。

口入屋『萬屋』の日雇い仕事の周旋に間に合うかどうか……。

平八郎は、明神下の通りを『萬屋』に走った。だが、『萬屋』の周旋は終わっていた。

朝の日差しは、平八郎に眩しかった。

客を乗せた町駕籠が、下谷から威勢良くやって来た。

利助と病の治った太吉の駕籠だった。

平八郎は、素早く路地に入って利助の駕籠をやり過ごした。

利助は、女房のおゆきと倅の新吉と穏やかな暮らしを送っている。最早、平八郎と関わりはない。

それでいい……。

平八郎は、利助の家の明かりを思い浮かべた。

温かい家族の明かりを……。

利助と太吉の駕籠は、神田川に向かって行く。

達者でな相棒……。

平八郎は、遠ざかって行く利助を見送った。

第四話　用心棒

一

三食付きの住み込みで一日一朱……。

「どうです。結構な仕事でしょう」

口入屋『萬屋』万吉は、得意気に鼻を鳴らし、狸面は一段と狸に似た。

「何日間の仕事ですか」

「一応、三日。事と次第によっちゃあもう少し。滅多にない好条件」

「でも、危ない用心棒の仕事なんでしょう」

「なあに、雇い主が心配性なだけ。用心棒といっても楽なもんですよ」

「うま過ぎる話だな」

平八郎は、疑いの眼を向けた。

「おや、そうですか。平八郎さんにと思ってわざわざ取っておいたんですけどね。嫌ならいいんですよ」

万吉は、あっさりと帳簿を閉じた。

「待て。親父、待ってくれ」

平八郎は慌てた。

「今日はもう他に仕事はありませんので、どうぞお引き取り下さい」

万吉は、辺りを片付け始めた。

「分かった親父、三食付きの住み込みで一朱。やらせてくれ」

平八郎は引き受けた。

「おや。そうですか、やりますか」

万吉は狸面をほころばせた。

平八郎は、万吉の手練手管《てくだ》にあっさりと落ちた。


三食付きの住み込みで一朱のうま過ぎる話は用心棒の仕事だった。

平八郎は、万吉の書いた周旋状を持って浜町河岸《がし》に向かった。

神田川に架かる和泉《いずみ》橋を渡り、お玉《たま》が池から人形町《にんぎょうちょう》の通りを進み、通旅籠町《とおりはたごちょう》を東に曲がると浜町堀に出る。

浜町堀に出た平八郎は、浜町河岸を富沢町《とみざわちょう》に進んだ。

浜町堀には荷船が行き交い、三味線の爪弾《つまび》きが洩れていた。

平八郎は、富沢町にある板塀に囲まれた仕舞屋《しもたや》の前に立った。

「ここか……」

平八郎は吐息を洩らし、板塀の木戸を開けて前庭に入った。

次の瞬間、頭上で木刀が唸《うな》った。

平八郎は、振り下ろされた木刀を身を反《そ》らせて躱《かわ》し、板塀の陰に潜んでいた浪人に飛び掛かって投げを打った。

浪人は地面に叩きつけられ、悲鳴と土埃《つちぼこり》を舞い上げた。

平八郎は、浪人の腕を捩《ね》じ上げて背後から首を押さえた。

「何の真似《まね》だ」

「おのれ、放せ……」

中年の痩せた浪人は、大した腕でもないのに悔しげに抗《あらが》った。

「私は明神下の口入屋から来た者だ。おぬし、何か勘違いをしているのではないか」

平八郎は眉をひそめた。

「口入屋……」

中年の痩せた浪人は、無精髭《ぶしょうひげ》に覆われた顔に戸惑いを浮かべた。

「萬屋の周旋で見えた方か」

庭先から総髪の男が現れた。

「如何にも……」

平八郎は、中年の浪人を突き放し、総髪の男に対して身構えた。

「そいつはご無礼しました。どうやら岡本《おかもと》さんの早とちりのようです」

「早とちり……」

「ええ。こちらは岡本新兵衛《しんべえ》さん、貴方と同じように小網町《こあみちょう》の口入屋から来て貰っている方です」

総髪の男は、苦笑しながら中年の浪人を紹介した。

「やあ、岡本新兵衛だ。おぬし、なかなかやるな」

岡本新兵衛は、己の腕には触れずに平八郎を誉めた。

「そいつはどうも……」

平八郎は苦笑した。

「で、あんたは……」

平八郎は、総髪の男に視線を向けた。

「そうか、こいつは抜かった。私は絵師の菱川英仙《ひしかわえいせん》だ」

菱川英仙は、屈託のない笑顔を平八郎に向けた。

「私は矢吹平八郎です」

平八郎は、万吉の周旋状を英仙に差し出した。

「まあ。上がって下さい。岡本さん、木戸番を頼みましたよ」

「心得た。任せておけ」

新兵衛は、痩せた胸を叩いて引き受けた。

英仙は、平八郎を家の座敷に誘った。


座敷には描き掛けの風景画と、様々な絵の具と筆が並べられていた。

「婆さん、茶を二つ頼む」

絵師の菱川英仙は、台所に叫んで平八郎を次の間に案内した。

「よく来てくれました」

「はあ……」

「新兵衛さんがあの調子でしてね。よろしくお願いしますよ」

英仙は苦笑し、頭を下げた。

「で、命でも狙われているのですか……」

平八郎は眉をひそめた。

「それなんだが、このところ、妙な事ばかり起こってな……」

婆やが現れ、茶を黙って置いて立ち去った。

「妙な事とは……」

「何者かがこの家に忍び込もうとしたり、出先で辻強盗に出逢ったり、三日前には塀に付け火をされてな。危ういところを消し止めた」

「そいつは酷いですね」

「うむ……」

「で、何か心当たりはあるのですか」

「心当たり……」

英仙は首を捻《ひね》った。

「ええ。誰かに恨まれているとか、狙われているとか……」

「そりゃあまあ、人として生きて来たからには、恨みの一つや二つ、買っていると思うが命を狙われるほどの事は……」

英仙は眉をひそめた。

「ありませんか」

「うむ……」

「ま、こっちは大した事じゃあないと思っても、相手にとってはそうじゃあない場合もありますからね」

平八郎は冷静に告《つ》げた。

「うむ……」

英仙は渋い面持《おもも》ちで頷いた。

「ところで、英仙さんはどんな絵を描いているんですか」

「まあ、浮世絵だ」

「じゃあ、美人画や役者絵などですか」

平八郎は眼を輝かせた。

浮世絵には、遊里や芝居の情景、美女、役者、力士などの似顔絵を中心に歴史絵、風景、花鳥などがあり、肉筆画と版画があった。

「左様……」

英仙は苦笑しながら頷いた。

菱川英仙の家には、主の英仙の他におきみという名の婆やがいるだけであり、今は用心棒の岡本新兵衛と平八郎の二人も加わって四人がいる。

「それから版元の旦那や番頭、美人画に描かれる女たちが出入りしている」

先輩用心棒の岡本新兵衛は、平八郎に情況を教えた。

「新兵衛さん、英仙さんは根っからの絵師なんですか……」

「いや。元は旗本の部屋住み、武家の出だそうですよ」

「そうですか……」

平八郎は頷いた。

新兵衛は、平八郎に茶を注ぎ足した。

「こいつはどうも……」

平八郎は礼を云《い》い、出涸らしの茶を啜った。

「婆やのおきみ、けちでしてね。茶の葉は朝、急須に一度入れてくれるだけでな」

新兵衛は、声を潜《ひそ》めて不服気に眉をひそめた。

平八郎と新兵衛に与えられた部屋には、西日が差し込み始めていた。

「それで新兵衛さん、英仙さんを狙っている者に見当はついているんですか」

「私も五日前からの用心棒でしてな。とてもとても……」

新兵衛は、出涸らし茶を音を立てて啜った。

「晩飯、そろそろですかな……」

新兵衛は傾く西日に顔を染め、のんびりと晩飯の時刻を探った。

平八郎は、日が暮れる前に英仙の家の周囲を調べた。家の周囲に不審な事はなかった。

晩飯は目刺しが二匹と大根の煮付け、それに丼飯と味噌汁、香の物だった。

「それから旦那さま、今夜お出掛けになりますので、お供をするようにと仰っています」

婆やのおきみは、平八郎と新兵衛に告げた。

「心得た。いただきます」

平八郎は晩飯を食べ始めた。

「出掛けるのか……」

新兵衛は、面倒そうに呟いて箸を取った。

婆やのおきみは、新兵衛を冷たく一瞥《いちべつ》して出て行った。

平八郎は苦笑し、晩飯を手早くすませた。


日が暮れた。

平八郎と新兵衛は、英仙のお供をして富沢町の家を出た。

浜町河岸は夜の闇に包まれていた。

平八郎は、提灯を手にして先頭に立ち、英仙と絵の道具を持った新兵衛が続いた。

三人は浜町河岸を下り、大川に架かる新大橋《しんおおはし》に向かった。平八郎は、辺りの気配を窺って夜の町を油断なく進んだ。英仙は息を荒げ、落ち着かない様子で続いて来た。そこには、命を狙われている怯《おび》えが潜んでいる。

英仙は己《おのれ》が狙われる理由を知っている……。

平八郎の直感が囁《ささや》いた。

大川の流れには幾つもの船行燈《ふなあんどん》が揺れていた。

平八郎、英仙、新兵衛は、新大橋を渡って深川に入った。


料理屋のような家には、暖簾《のれん》も火入行燈もなかった。

平八郎、英仙、新兵衛は木戸門を入った。

番頭風の男たちが暗がりから現れた。

「どちらさまですかい……」

「私だ」

「こりゃあ、英仙先生。お待ちしておりました」

「うむ。じゃあ、あんたたちは待っていてくれ」

英仙は、新兵衛から絵の道具を受け取り、平八郎と新兵衛を残して番頭風の男と家の奥に入って行った。

「じゃあこちらに……」

残った男が、平八郎と新兵衛を入口近くの小部屋に案内した。

小部屋には行燈が灯《とも》され、小さな飯台に一升徳利と幾つかの湯呑茶碗が置かれていた。

「こいつはありがたい」

新兵衛は、涎《よだれ》を垂らさんばかりに酒を飲み始めた。

「平さん、遠慮は無用だ」

新兵衛は、平八郎に酒を勧めた。

「新兵衛さん、仕事の最中だ。酒はどうかな」

いざという時、用心棒が酒に酔っていたら仕事にならない……。

平八郎は、新兵衛をそれとなく窘《たしな》めた。

「なあに、湯呑の一杯だ。酔うほどの酒ではない」

新兵衛は酒を啜った。

「ま、ほどほどにするんですね」

平八郎は小部屋を出た。
「何処《どこ》に行くんだ」
新兵衛は、平八郎を不安げに見た。
「厠《かわや》です」
平八郎は、新兵衛を残して小部屋を出た。
長い廊下は薄暗く、料理屋の艶《あで》やかさや華やいだ気配はまったくなかった。
平八郎は、長い廊下の奥に進んだ。
長い廊下は続いた。
女の短い叫びが微《かす》かに聞こえた。
平八郎は、暗がりに身を潜めて女の声のした方を見つめた。
長い廊下の奥に明かりが微かに洩れていた。
平八郎は音もなく進んだ。微かな明かりは、奥の部屋の襖《ふすま》の隙間《すきま》から洩れていた。
平八郎は、気配を消して隙間を覗いた。
座敷の中では、英仙が御簾《みす》の向こうの部屋を見ながら絵を描いていた。
平八郎は、英仙が絵に描いている御簾の向こうに視線を移した。
御簾の向こうでは、全裸の女が三人の男たちと激しく絡み合っていた。

男たちは女に様々な姿態を取らせ、英仙はそれを写し取っているのだ。

三十歳前後の女は、髪を振り乱して激しく喘《あえ》いでいた。

英仙は、鋭い眼差しで女を見つめて絵筆を走らせていた。

人の来る足音が聞こえた。

平八郎は、素早くその場を離れ、隣の座敷に入った。部屋は暗く、月明かりの映《は》える障子だけが浮かんでいた。

平八郎は、廊下を窺った。

番頭風の男が、長い廊下を足早にやって来た。

平八郎は、月明かりの映る障子を開けて庭先に降りた。そして、庭先を廻って入口近くの小部屋に戻った。

新兵衛は、酒を飲んでだらしなく転寝《うたたね》をしていた。平八郎は苦笑し、湯呑茶碗に酒を満たして飲んだ。

襖がいきなり開き、番頭風の男が覗いた。

平八郎は、酒を飲みながら振り返った。

「どうした……」

「何処に行っていたんですかい」

「厠だよ」

「本当に……」

番頭風の男は、疑わしげな眼を平八郎に向けた。

番頭風の男は、厠に行って平八郎がいないのを確かめている。

「ああ。それで帰りに迷ってな……」

平八郎は、話を打ち切るように湯呑茶碗の酒を呷《あお》った。

「厠でもなんでも部屋を出る時は、一言云ってからにして下さい」

「心得た」

平八郎は、空になった湯呑茶碗に酒を満たした。番頭風の男は、平八郎を不服気に一瞥して部屋から出て行った。

平八郎は酒を飲んだ。

菱川英仙は春画を描いていた。それは、誰かに頼まれての事なのか、それとも自分の企《くわだ》てで描いているのか。いずれにしろ、英仙にとっては良い金儲けなのだ。

分からないのは絵に描かれている女だ。女は金で雇われ、納得ずくでやっているのか。それとも無理やりやらされているのか。

ひょっとしたら、無理やりやらされた女が英仙を恨んで狙っているのかもしれない。もしそうだとしたなら、春画を描くのは英仙自身の企てになる。

平八郎は、酒を飲みながら思いを巡らせた。

新兵衛は、鼾《いびき》をかいて眠り続けた。

時は過ぎた。


大川は行き交う舟もなく、月明かりだけが流れに揺れていた。

新大橋を渡った平八郎、英仙、新兵衛は、下総佐倉《しもうささくら》藩の江戸上屋敷の傍らを浜町河岸に向かった。

あれから一刻後、平八郎と新兵衛は番頭風の男に呼ばれた。そして、入口で英仙と合流して帰路についた。得体の知れない家は静まり返っていた。

平八郎たちは浜町河岸に出た。英仙の家のある富沢町は間もなくだ。平八郎たちは夜の浜町河岸を進んだ。

行く手の闇が微かに揺れた。

平八郎の五感が緊張した。

次の瞬間、闇の中から頰被りをした男が白刃をかざして斬り込んで来た。

平八郎は、咄嗟《とっさ》に英仙を突き飛ばして斬り込んで来た白刃を薙《な》ぎ払った。

甲高《かんだか》い音が鳴り、火花が散った。

頬被りの侍は怯《ひる》んだ。

平八郎は、猛然と頬被りの侍に斬り掛かった。頬被りの侍は、無言のまま平八郎と激しく斬り結んだ。

「殺せ、斬り棄てろ」

英仙が甲高い声で平八郎に命じた。

平八郎は、不意に苛立ちを覚えた。そして、頬被りの侍が英仙の命を狙う理由が知りたくなった。

「新兵衛さん、英仙さんを早く家に」

「こ、心得た。さあ、英仙さん」

新兵衛は、英仙を連れて富沢町に走った。

頬被りの侍は追い掛けようとした。刹那、平八郎は、頬被りの侍の首筋を刀の峰で鋭く打ち据えた。

二

浜町河岸の船着場には、繋がれた何艘もの舟が揺れていた。

平八郎は、気を失っている侍の頬被りを外した。

気を失っている侍はまだ若く、何処かの家中のようだった。

平八郎は若い侍に活を入れた。

若い侍は、苦しげに呻《うめ》いて気を取り戻した。

「気がついたか……」

平八郎は笑った。

若い侍は驚き、逃げようとした。だが、平八郎の刀が閃き、若い侍の鼻先に突きつけられた。若い侍は凍《い》てついた。

「何故、菱川英仙の命を狙う」

平八郎は静かに尋ねた。

若い侍は口をつぐんだ。

「云わねば顔を切り刻む」

平八郎は嘲笑を浮かべた。

「殺せ。さっさと斬り殺せ」

若い侍は、満面に困惑と焦りを浮かべた。

「そうはいかぬ。お前は顔を傷だらけにしてこれからの生涯を送る」

平八郎は冷たく言い放った。

若い侍は恐怖に引きつった。

顔を切り刻まれた武士など、侮《あなど》りと嘲《あざけ》りを受けるだけだ。

「それが嫌なら、何もかも喋るのだな」

若い侍は項垂《うなだ》れた。

浜町堀の流れに月影は揺れた。

若い侍は、大身旗本の家来だった。そして、お嬢さまが役者遊びに夢中になり、入れあげた挙句《あげく》に英仙の春画に描かれた。父親の旗本は怒り狂い、若い侍に菱川英仙の闇討ちを命じた。

「今までに英仙を襲い、塀に火をつけたのもお前か……」

「違う。私は初めてだ。今夜、初めて英仙を襲ったんだ。本当だ」

若い侍は必死に訴えた。

嘘ではないようだ……。

平八郎は若い侍を信じた。

「お前さん、名前は……」

「名前……」

若い侍は恐怖に歪《ゆが》んだ。今まで名を告げていない安心から話す事が出来た。だが、名を名乗ればお家の恥をさらす事になり、主に知れると追放されるに違いない。

「奉公先の旗本の名は訊《き》かぬ。お前さんの名前を聞かせて貰う」

「私の名前……」

「ああ。お前さんの名前だけでいい」

「相沢春馬《あいざわはるま》……」

若い侍は、自分の名前だけでいいと云われて安心した。

「相沢春馬か……」

役者遊びに夢中の娘と、相沢春馬という家来のいる大身旗本……。

岡っ引の駒形の伊佐吉や長次の手に掛かれば、それだけの手掛かりで大身旗本を割り出すのは造作はない。

いざとなったら伊佐吉と長次に頼む……。

平八郎は相沢春馬を解放した。


富沢町の英仙の家には明かりが灯されていた。

平八郎が戻った時、新兵衛が表で帰りを待っていた。

「曲者《くせもの》はどうした」

新兵衛は心配げに尋ねた。

「うん。英仙さんは……」

「お待ちかねだが……」

平八郎は家に入った。

英仙は、長火鉢の前に座って酒を飲んでいた。

平八郎は、曲者に逃げられたと伝えた。

「逃げられた……」

英仙は、平八郎に不満気な眼を向けた。

「ええ。あと一歩のところで浜町堀に飛び込まれましてね。だが、どうやら大身旗本の家来のようでした」

平八郎は、英仙の反応を見定めようとした。

「大身旗本の家来……」

英仙は、微かな怯えを滲《にじ》ませた。

身に覚えがある……。

平八郎は見届けた。

「ええ。大身旗本の家来が貴方の命を狙った。理由に心当たりはありますか」

平八郎は英仙を見据えた。

「知らぬ。大身旗本など私は知らぬ」

英仙は酒を飲もうとした。だが、猪口を持つ手は震え、酒が零《こぼ》れた。

平八郎は、込み上げる笑みを懸命に抑えた。


夜明けの浜町河岸に荷船の櫓の軋みが響いた。

夜は何事もなく明けた。

平八郎は、新兵衛と交代で寝ずの番をして朝を迎えた。

英仙は勿論、婆やのおきみが起きた気配はない。そして、新兵衛も蒲団《ふとん》を頭から被って鼾をかいている。

平八郎は、忍び足で英仙の家を出た。

夜明けの浜町河岸は冷たさに包まれていた。

平八郎は身震いをし、袴の股立《ももだ》ちを取って四股《しこ》を踏んだ。そして、浜町堀を渡って猛然と両国に向かって走り出した。

夜明けの冷気が巻いた。

平八郎は、両国から神田川に架かる柳橋を渡って蔵前通りを駆け抜けた。

新堀川の鳥越橋《とりごえばし》を越え、浅草御蔵の前を過ぎると駒形町はすぐだ。

駒形町の老舗鰻屋『駒形鰻』は、板前たちがすでに魚河岸に仕入れに行っていた。

平八郎は、『駒形鰻』の勝手口に駆け込んだ。

「あっ。平八郎さん」

小女《こおんな》のおかよが、竈《かまど》の前から立ち上がった。

「やあ、親分に急用だが、いるかな」

平八郎は、激しく息を鳴らした。

「はい。起こして来ます」

おかよは、奥に駆け込んで行った。

朝から元気な娘だ……。

平八郎は微笑んだ。

「朝っぱらからどうしたんですかい」

僅《わず》かな時が過ぎ、『駒形鰻』の若旦那で岡っ引の伊佐吉が、眠い眼をこすって板場に現れた。

「起こしてすまん。実は頼みがあってな……」

平八郎は詫び、話を始めようとした。

「おっと、話は部屋で伺いますよ」

伊佐吉は苦笑した。

「若旦那、蒲団は片付けました」

おかよが奥から出て来た。

「すまねえな。じゃあ、湯が沸いたら茶を頼むぜ」

「はい。畏《かしこ》まりました」

おかよは元気に頷いた。

婆やのおきみは、朝飯の仕度をしていた。

平八郎は、足音を忍ばせて小部屋に入った。

新兵衛は、相変わらず鼾をかいて眠っていた。

平八郎は家の様子を窺った。英仙が起きている気配はなかった。

「起きろ、新兵衛さん」

平八郎は、新兵衛を揺り動かして起こした。

「交代か……」

新兵衛は眩《まぶ》しげに眼をあけた。

「ああ。もう朝だ。俺はひと眠りする」

平八郎は、蒲団に潜り込み、伊佐吉に頼んだ事に落ちがなかったかを思い返してみた。

今のところ、落ちはない……。

平八郎は、そう思いながら眠りに引き込まれていった。

辰《たつ》の刻五つ（午前八時）を過ぎた。

平八郎は、井戸端で顔を洗い、台所で朝飯を食べた。

丼飯に味噌汁、大根の煮物と沢庵だった。

平八郎は、夜明けの駒形往復が効いたのか丼飯を三杯食べた。三杯目は味噌汁を掛けた。

婆やのおきみは、平八郎の食べっぷりに呆れたように眉をひそめた。

平八郎は、構わず食べた。

板場は昼の仕込みに忙しかった。

伊佐吉は、長次と亀吉に平八郎の頼みを伝えた。

「絵師の菱川英仙ですか……」

長次は眉をひそめた。

「ああ。何者かに命を狙われているそうでね。何か噂を聞いた事があるかな」

「いえ。別に……」

「あの……」

亀吉は遠慮がちに口を挟んだ。

「なんだい」

「へい。実はあっしの知り合いが、面白い春画を持っていましてね。そいつが菱川英仙の描いたやつだって噂があるんですよ。英仙は役者絵や美人画が評判で、春画なんて描くわけないんですがね」

亀吉は首を捻った。

「亀吉、そいつだよ」

伊佐吉は、英仙が密かに春画を描いており、それが命を狙われる原因の一つになっている事を教えた。

亀吉は驚き、眼を丸くした。

「成る程、そういう事でしたか……」

「うん。それで英仙の周囲と昔と今の評判だ」

「分かりました。それにしても平八郎さん、妙な奴の用心棒を引き受けましたね」

長次は苦笑した。

「どうせまた、萬屋の親父に言いくるめられたんだろう。それから長さん、平八郎さんの用心棒振り、時々見に行ってくれないかな」

「そいつは云われるまでもなく……」

長次は頷いた。


その日、菱川英仙は自宅で役者絵を描いて過ごした。

平八郎と新兵衛は、交代で家の周囲を見廻って警戒をした。家の周囲に不審なところはなかった。

英仙は、絵が思うように描けないのか、筆を投げ出して苛立った。

昨夜の襲撃を気にしている……。

平八郎は、英仙の気持ちを読んだ。

英仙は、昨夜の襲撃者の主である大身旗本が誰かを知っており、恐れているのだ。

だが、英仙の命を狙っているのは、大身旗本だけではない。

相沢春馬は、以前の闇討ちや塀の付け火を否定した。それが事実ならば、英仙の命を狙っている者は他にもいる。

菱川英仙は、護《まも》る価値のない者なのかもしれない。だが、用心棒を引き受けたからには護るしかないのだ。英仙の警護に失敗すれば、おそらく平八郎に用心棒の依頼はなくなる。それは、浪人剣客矢吹平八郎にとっては、致命的な痛手になるかもしれないのだ。

平八郎は、英仙の身辺を油断なく警戒した。

婆やのおきみの金切り声が台所から響いた。

「新兵衛さん、英仙さんを……」

平八郎は、新兵衛に指示をして台所に走った。

「へ、平さん……」

新兵衛は、うろたえながらも英仙の部屋に急いだ。

台所では、婆やのおきみが床にへたり込んで震えていた。

「おきみさん……」

平八郎は、おきみを庇《かば》って辺りを見廻した。台所には、曲者もいず荒らされた様子もなかった。

「どうしたんだ。おきみさん……」

平八郎は、油断なく辺りを窺った。

「外に、外に……」

おきみは、勝手口の外を指差した。

平八郎は外に出た。

外には、胸に五寸釘を突き刺した藁《わら》人形が転がっていた。

平八郎は、裏庭や木戸の外の裏路地を素早く調べた。だが、人影はなかった。

胸に五寸釘を刺された藁人形は、云うまでもなく英仙を模したものだ。おそらく英仙の命を狙う者が投げ込んで行ったのに違いない。

平八郎はそう睨み、藁人形を調べた。藁人形には長い白髪が一本絡みついていた。

白髪……。

藁人形には、呪う相手の頭髪を織り込むといわれている。だが、英仙の髪は黒く、白髪はない。白髪は藁人形に織り込まれたのではなく、偶然に付いた物なのだ。

平八郎は思いを巡らせた。

「どうした……」

英仙が新兵衛を従えてやって来た。

「こいつが、裏庭に投げ込まれましたよ」

平八郎は、藁人形を差し出した。

「藁人形……」

新兵衛は眉をひそめた。

英仙は微かに身震いし、苛立たしげに台所を出て行った。

「新兵衛さん……」

平八郎は促した。

「う、うん。だが、曲者が現れたらどうしよう……」

新兵衛は、恐ろしげに身を震わせた。

「新兵衛さん、その為の我々用心棒です。さあ、英仙さんの処に行って下さい」

「わ、分かった……」

新兵衛は頷き、重い足取りで英仙の部屋に向かった。

平八郎は苦笑した。

「ところでおきみさん、藁人形が投げ込まれた時、何か見かけませんでしたか」

平八郎は、婆やのおきみと向かい合った。

「さあ、私は別に何も見ちゃあいないし、何も知りませんよ」

おきみは、白髪頭を横に振った。

「そうかな……」

「ええ。そうですとも……」

おきみは、平八郎に背を向けて糠味噌《ぬかみそ》をかき廻し始めた。糠味噌の匂いが台所に満ち溢れた。

平八郎は、顔をしかめて台所から退散した。

本所北割下水《きたわりげすい》には、小旗本や御家人の屋敷が軒を連ねていた。

菱川英仙の実家である大田《おおた》家はその一角にあった。

長次は、実家にいた頃の英仙を調べた。

英仙は、英次郎《えいじろう》と名乗る大田家の部屋住みであり、百石の家督《かとく》は兄の一之丞《いちのじょう》が継《つ》いでいた。そして、英次郎は兄の厄介《やっかい》になり続けるのを嫌い、絵の修業をして英仙と名乗る絵師になった。

菱川英仙という絵師になるまでに、英次郎は修業と苦労を重ね、借金も増やした。

春画は、修業時代に作った借金を返すために描き始めたのかもしれない……。

長次は、英仙の昔を調べ続けた。


「大身旗本ねえ……」

南町奉行所定町廻り同心高村源吾は眉をひそめた。

「ええ。役者遊びに夢中のお姫さまのいらっしゃる大身のお旗本なんですが、聞いた事はございませんか……」

伊佐吉は高村に尋ねた。

「親分、役者遊びに現《うつつ》を抜かす旗本のお姫さまなんぞ、掃《は》いて棄てるほどいる。他に手掛かりはないのかい」

「相沢春馬って家来がいます」

「相沢春馬な。よし、ちょいと待っていてくれ。旗本の家に詳しい奴に聞いてくる」

高村は、伊佐吉を同心詰所に残して出て行った。

蕎麦屋は昼の忙しさも一段落し、客は僅かだった。

長次は店の隅に座り、蕎麦を啜っていた。

「長次さん……」

亀吉が入って来た。

「おう……」

亀吉は、蕎麦を頼んで長次の前に座った。

「何か分かったかい」

「ええ。例の英仙が描いたって噂の春画を持っている野郎にいろいろ訊いたんですがね。春画に描かれて首を括《くく》った娘がいるって噂ですぜ」

亀吉は声を潜めた。

「首を括った娘……」

長次は眉根を険しく寄せた。

「ええ。絵師に美人画を描かせてくれと頼まれ、潰れた料理屋に連れ込まれて……」

「手込めにでもされて春画に描かれたかい」

「仰る通りで……」

亀吉は、運ばれて来た蕎麦を啜りながら頷いた。

「その絵師が英仙か……」

「はっきりしないんですが、きっと。酷い話ですよ」

亀吉は、眉間に怒りを滲ませた。

「首を括った娘、何処の誰だい」

「両国広小路の茶店に奉公していた娘でしてね。長患《わずら》いの母親の薬代欲しさに美人画に描かれるのを引き受けたそうです」

「娘の名前と家は……」

「そいつが何分にも噂でしてね。分からないんです」

「亀吉、そいつを詳しく調べてみな」

長次の眼が鋭く光った。

「長次さん……」

亀吉は、蕎麦を食べる箸を止めた。

「そいつは噂なんかじゃあない、おそらく本当の話だ」

長次の勘が囁いていた。

「じゃあ……」

「ああ。英仙を狙っているのは、その娘に関わりのある野郎かもな」

「はい……」

亀吉は、緊張した眼差しで頷いた。

英仙の描いた春画の裏には、首を括った娘の他にも泣きを見た者は何人もいるはずだ。

長次はそう睨んだ。


「待たせたな」

高村が伊佐吉の待つ同心詰所に戻って来た。

「いいえ。面倒な事をお願いして申し訳ございません」

伊佐吉は、高村に茶を淹れて差し出した。

「伊佐吉が探している相手かどうかは分からねえが、面白い事を聞いたぜ」

「面白い事ですか……」

「ああ。最近、父親が誰か分からねえ子を産んだお姫さまがいるそうだ」

「そのお姫さま、役者遊びを……」

「半年前まではかなりのもんだったらしい」

高村は苦笑した。

「お高くとまったお姫さまでも生身の女だ。いろいろいるだろうさ」

「何処の何様ですか……」

伊佐吉は膝を進めた。

「駿河台小川町の旗本四千石の村上伊豆守《むらかみいずのかみ》さまの処の美保《みほ》さまってお姫さまだ」

「村上伊豆守さまの処の美保さま……」

「ああ。村上さまは旗奉行でな。家中に相沢春馬がいるかどうかは、そっちで調べてくれ」

「そいつはもう。御造作をお掛けしました」

伊佐吉は礼を述べた。

「伊佐吉、相手は大身旗本だ。気をつけてな」

高村は小さく笑った。

三

浜町河岸に物売りの声が長閑《のどか》に響いた。

「鰻、鰻、駒形の鰻……」

新兵衛は眉をひそめた。

「鰻の行商人とは珍しいな」

「うん。ちょいと見廻って来る」

平八郎は、英仙の家を出て辺りを見廻した。

浜町堀を挟んだ向かい側の久松町《ひさまつちょう》に長次がいた。

平八郎は、榮《さかえ》橋を渡って長次の許《もと》に急いだ。

「やあ……」

「分かりましたか」

長次は笑った。

「ええ。駒形の鰻とくればね」

鰻の行商人の売り声は、平八郎を呼び出す長次の仕業だった。

「そいつは良かった」

「それで何か分かりましたか……」

「ええ……」

長次は、英仙の素性と亀吉が聞き込んで来た話を伝えた。

「首を括った娘ですか……」

平八郎の顔に微かな怒りが過った。それは、英仙に対する怒りに他ならなかった。

「ええ。どう思います」

「長次さん、どうやらその辺りかもしれませんね」

「平八郎さんもそう思いますか……」

「ええ。実はこっちでも……」

平八郎は、藁人形の一件を教えた。

「成る程。恨み重なる英仙を呪い殺そうって寸法ですか」

長次は苦笑した。

「脅しの後、どう出てくるか……」

平八郎は、迷いを滲ませた。

「どうです。用心棒の仕事、上手く勤まりそうですか」

長次は真顔で尋ねた。

「長次さん……」

英仙の命を狙っている者が、首を括った娘の恨みを晴らそうとしているのなら、平八郎は見てみぬ振りをするかも知れない。

長次はそれを懸念した。

平八郎は、長次が自分の心を見抜いているのを知った。

「平八郎さん、用心棒ってのは、雇い主を護るのが役目でしょうが、襲い掛かって来る者に罪を犯させないってのもあるんじゃあないですかね」

長次は微笑んだ。

用心棒の役目を果たせば、襲撃者に罪を犯させない事になる。

「分かりました」

平八郎は長次に感謝した。


駿河台小川町の村上屋敷は表門を閉じて静まり返っていた。

伊佐吉は、村上屋敷で働く渡り中間に小粒を握らせた。

「相沢春馬ならいますぜ」

渡り中間《ちゅうげん》は、嬉しげに小粒を握り締めた。

「いるかい」

「ああ。奥方さまやお姫さまたち奥向きの御用を承っている家来だよ」

渡り中間は、その家に奉公している家来ではなく、口入屋の周旋でやって来た中間の仕事をする雇い人なのだ。旗本たちの暮らしは、石高はあがらず物の値段があがる限り苦しい。そこで、扶持米《ふちまい》を与えなければならない中間働きをする奉公人を減らし、中間仕事をする者を雇うようになった。それが渡り中間だった。渡り中間に忠義心はなく、雇い先の内情など金で容易に喋った。村上家の娘・美保の事を喋ったのもおそらく渡り中間なのだ。

「いるんだね」

伊佐吉は念を押した。

「ああ……」

英仙を襲った相沢春馬は、旗本四千石の旗奉行村上伊豆守の家来だった。

伊佐吉は、渡り中間に礼を述べて村上屋敷を離れた。

甍《いらか》を連ねる厳《いか》めしい門構えの武家屋敷街は、その権威と力の下に乱れた暮らしを隠している。

伊佐吉は、眉をひそめて武家屋敷街を眺めた。

両国広小路は見世物小屋や露店が連なり、見物客たちで賑わっていた。

広小路の南端、薬研堀に近い処にある茶店に首を括った娘は奉公していた。

亀吉は、茶店の亭主に噂の真偽を確かめた。

茶店の亭主は、哀しげに頷いた。

「それで父っつあん。その娘、名前は何ていうんだい」

「おはつといいましてね。気立ての良い可愛い娘でしたよ」

「おはつか……」

「ええ。うちの看板娘でしてね。おはつがいなくなってから若い男客がどっと減りましたよ」

「へえ、人気があったんだねえ」

「そりゃあもう。ですから春画が出廻った時は、大変な騒ぎでしたよ」

亭主は声を潜めた。

「そんなに似ていたのかい、春画の女と……」

「そりゃあ似てはいるそうですが、名前を書かれちゃあねえ」

春画には、描かれた女の名前が書き記されていた。

おはつは、好奇の眼にさらされた。そして、思い悩んだ挙句、首を括って死んだ。

「長患いのおっ母さんを残して、さぞや心残りだったでしょうね」

「おはつの父親や兄弟は……」

「父親はいませんが、弟が一人いますよ」

「弟ですか……」

「ええ。平助《へいすけ》って弟ですよ」

おはつには平助という弟がいた。

「平助、何をしてんですか」

「大喜《だいき》で大工の見習いをやっていますよ」

『大喜』とは、大工の棟梁の喜三郎《きさぶろう》が営む、江戸でも知られた大工の組である。首を括った娘・おはつの弟の平助は、大喜の見習い大工だった。

大喜は、神田三河町で看板を掲げている。

亀吉は、茶店の亭主に礼を述べて神田三河町に向かった。

浜町河岸富沢町の英仙の家に、深川にいた番頭風の男が訪れた。

番頭風の男は、新兵衛と平八郎に嘲りの一瞥を与えて英仙の座敷に入った。

「博奕《ばくち》打ちのくせに偉そうな面しやがって……」

新兵衛は吐き棄てた。

「博奕打ちなんですか」

「ああ。おきみ婆さんに聞いたんだが、奴は伝八《でんぱち》って博奕打ちだそうだ」

「伝八か……」

平八郎は庭先に降り、植え込み伝いに英仙の座敷に近づいた。

英仙は、数枚の絵を見ていた。伝八は傍らに控え、英仙が絵を見終わるのを待っていた。

「いいだろう」

英仙は、見ていた絵を伝八に渡した。

「じゃあ、これを刷り増しして売り出します」

伝八は、数枚の絵を大切そうに包んだ。

絵は英仙が描いた春画であり、版画刷りをして売り出すつもりなのだ。伝八は、試し刷りを英仙に検《あらた》めて貰いに来た。春画は英仙の企てなのだ。

平八郎はそう読んだ。

伝八は、風呂敷包みを持って浜町河岸を帰って行った。

平八郎は見送った。

「誰です……」

長次が背後から並んだ。

「長次さん……」

平八郎は驚いた。

「英仙がどんな奴か、ちょいと聞き込んでいましてね。それより野郎は……」

長次は、伝八の後ろ姿を見つめていた。

平八郎は、伝八のことを手短に説明した。

「じゃあ野郎、春画を持ってんですかい」

伝八の後ろ姿を見つめていた長次の眼が鋭く光った。

「試し刷りをね……」

「そいつは見逃せませんね。じゃあ……」

長次は平八郎に薄笑いを残し、浜町河岸を大川に向かう伝八を足早に追った。

神田三河町の大工大喜には、元締棟梁の喜三郎の下に三人の棟梁がおり、それぞれが三人の大工を率いて普請場を預かっていた。

見習いの平助は、三河町の大喜で喜三郎に大工のいろはを仕込まれていた。

平助は、十五歳にしては身体も大きく、喜三郎に行く末を期待されていた。

亀吉は、自身番の番人に『駒形鰻』への使いを頼み、平助を見張った。


新大橋を渡った伝八は、小名木川沿いを進んで海辺大工町《うみべだいくちよう》に入った。海辺大工町の名の由来は、船大工が多く住んでいたからである。

伝八は、振り返りもせずに進んだ。長次は追った。

伝八は、裏通りにある一軒の家に入った。

長次は見届けた。

この家に、英仙が描いた春画の肉筆画や版木があるかも知れない。

長次は、辺りに聞き込みを掛けて伝八の入った家を調べた。


夕暮れ時が近づいた。

駿河台小川町の村上屋敷から四人の家来が出て来た。

「あの最後に来るのが、相沢春馬だよ」

辻番の番士は、四人の最後尾を行く相沢春馬を伊佐吉に示した。

伊佐吉は、相沢春馬を見届けた。

武家地の辻番は、町方の自身番に相当する。辻番には大名家のものと、旗本家が何家かで出しているものがあった。町奉行所の支配の及ばない武家地では、辻番の番士が役人や町方の者の出入りに厳しい眼を光らせていた。

伊佐吉は、旗本家が出している辻番の番士に金を握らせていた。辻番は番士の二人詰めが普通だが、幸いな事に偶々《たまたま》一人だった。

相沢たち村上家の家来たちは、辻番の前を通り過ぎて行った。

「じゃあ、他の方々も村上さまの御家来衆ですか……」

「ああ……」

辻番は頷いた。

「そうですかい。いや、御造作をお掛けしました。じゃあ、御免なすって」

伊佐吉は、辻番を出て相沢たち家来を追った。

相沢たち四人の家来は、神田三河町に向かっていた。

何処に行く気だ……。

伊佐吉は追った。

夕陽は町を赤く包み始めた。


小名木川は夕陽に煌《きら》めいていた。

大工海辺町の家は伝八が借りており、数人の男たちが出入りしていた。

伝八は博奕打ちだが、元は腕の良い版木彫りの職人だった。そして今は、菱川英仙と組んで春画を作り、密かに売っているのだ。出入りしている男たちは、版木彫りの彫師や刷師に違いなかった。

長次は、小名木川の船着場に潜んで見張りを続けた。

夕陽は沈み、小名木川の流れに船行燈が映えた。

家の戸が開き、伝八が風呂敷包みを抱えて出て来た。伝八は、高橋《たかばし》からの道を仙台堀に向かった。長次は伝八を追った。

仙台堀に架かる海辺橋を渡り、尚《なお》も進むと油堀川に出る。そして、油堀川を越えると富岡八幡宮《とみおかはちまんぐう》の一ノ鳥居が見えた。

長次は、伝八を追って油堀川に架かる富岡橋を渡った。伝八は、富岡橋の袂《たもと》にある小さな四ツ目屋に入った。四ツ目屋は、媚薬《びやく》や淫具を売る薬屋だ。

伝八は春画を卸《おろ》しに来た……。

長次はそう睨んだ。

「じゃあ、お楽しみを……」

富岡橋の下の船着場から聞き覚えのある声がした。

長次は、船着場を覗いた。

船着場に猪牙舟が着き、船頭の丈吉が岡場所に行く客を降ろしていた。

「丈吉……」

長次は、船着場に降りた。

「こりゃあ長次さん、今夜は女郎遊びですか」

丈吉は、羨《うらや》ましげに笑った。

「馬鹿、お役目だ」

長次は苦笑した。

「そいつは大変だ。何でしたらお手伝いしますぜ」

丈吉は嬉しげに笑った。

「仕事はいいのか」

「そりゃあもう、お役目が一番。で、あっしは何をします」

「よし。野郎を一人お縄にして大番屋に叩き込む」

「合点だ」

丈吉は勇み立った。

三味線の音と女の甲高い笑い声が、岡場所から風に乗って流れてきた。

四

四半刻が過ぎた。

小さな四ツ目屋から伝八が出て来た。

伝八は、岡場所の方を眺めて舌打ちをし、富岡橋に戻った。

「兄い。帰り舟だ。安くしますぜ」

丈吉が、船着場から呼び止めた。

「家はそこの海辺大工町だ。舟に乗る前に着いちまうぜ」

伝八は嘲笑った。

次の瞬間、長次が背後から伝八の頭を十手で撲《なぐ》った。伝八は、短く呻いて仰《の》け反り、気を失って崩れ落ちた。丈吉が駆け寄り、素早く捕り縄を打った。

長次と丈吉は、気を失っている伝八を猪牙舟に乗せて筵《むしろ》を掛けた。

「茅場町の大番屋だ」

「承知」

丈吉は、猪牙舟を威勢良く大川に向けて漕ぎ出した。


浜町河岸に人通りは絶えた。

平八郎と新兵衛は、晩飯を済ませて交代で見廻りをしていた。

英仙は出掛けもせず、座敷で酒を飲んでいる。

平八郎は、英仙の家の周囲を暗がり伝いに見廻った。家の周囲に異常はなく、不審な者の姿もなかった。

平八郎は浜町河岸に佇み、月明かりに光る浜町堀の流れを眺めた。その時、黒い人影が通りを横切って裏路地に消えた。

誰だ……。

平八郎は、黒い人影を追って裏路地に入り、足音を消して進んだ。そして、板塀の続く英仙の家の裏手に出た。

平八郎は、板塀の暗がりを透かし見た。

刹那、暗がりに小さな火が浮かんだ。

火……。

平八郎は緊張し、浮かんだ火を見つめた。

若い男の横顔が、小さな火に照らされて仄《ほの》かに浮かんだ。今にも泣き出しそうな顔だった。

平八郎は少なからず驚き、捕まえるのを思わず躊躇《ためら》った。

若い男は泣き出しそうな面持ちで、火種から付け木に移した小さな火を風呂敷に包んで持って来た鉋屑《かんなくず》に移した。

鉋屑は燃えあがり、赤い炎が大きく揺れた。

その時、現れた亀吉が、若い男を捕まえようと飛び掛かった。若い男は驚きながらも必死に抗《あらが》い、亀吉を振り払って逃げようとした。

平八郎が立ち塞がった。

「平八郎さん……」

「亀さん、こっちは引き受けた。火を頼む」

「退《ど》け。退いてくれ」

若い男は泣き声を滲ませ、鑿《のみ》を握り締めて平八郎に突っ込んだ。

平八郎は、若い男に足払いを掛けた。若い男は、一回転をして倒れた。平八郎は、若い男を素早く押さえ、その腕を捩じ上げた。

亀吉は、燃え上がった火を消した。

「助かりましたよ。平八郎さん」

亀吉は息を弾ませた。

「誰です。こいつは……」

「平助といって首を括った娘の弟です」

亀吉は、安心したように吐息を洩らした。

「首を括った娘の弟……」

平八郎は眉をひそめ、捩じ上げていた腕を放した。

「姉ちゃんの仇だ。姉ちゃんは、英仙に騙されて酷い目に遭い、首を括ったんだ。だから、恨みを晴らすんだ」

平助は、泣きながら訴えた。

平八郎は、平助を哀れんだ。

平助は、仕事を終えて大工大喜を出た。

見張っていた亀吉は追った。

平助は、長患いの母親が一人待つ長屋に帰らず、真っ直ぐ英仙の家に来たのだ。そして、英仙の家に火を付け、火事騒ぎに紛れて英仙を鑿で刺し殺すつもりだった。

亀吉は、事の経緯を手短に説明した。

平助は啜り泣いた。

「それで、どうします」

平八郎は亀吉に尋ねた。

「平八郎さん、平助はまだ十五歳でしてね。長患いのおっ母さんもいるし、火も大事に至らず消し止めました。出来る事なら穏便に済ませてやりたいんですが……」

亀吉は、啜り泣く平助に同情の眼差しを向けた。

「分かりました。私に異存はありません。亀さんに任せますよ」

平八郎は微笑んだ。

「ありがとうございます。じゃあ、後は任せて戴きます」

「平助、罪を犯して咎人《とがにん》になれば、哀しむのはおっ母さんと死んだ姉ちゃんだ。そいつを忘れず、何もかも正直に話すんだぞ」

平八郎は、平助に言い聞かせた。

「はい……」

平助は泣きながら頷いた。

亀吉は、平助を促して茅場町の大番屋に向かった。

平八郎は、鉋屑の燃え残りに水を掛けて火の始末をした。

平助が捕らえられた今、菱川英仙闇討ちは終わったのか。

平八郎は思いを巡らせた。

英仙を狙う者は、平助だけではなく相沢春馬もいるのだ。

他にもいる……。

平八郎の直感が囁いた。

英仙闇討ちは終わったわけではない……。

平八郎は、もうしばらく様子を見る事に決めた。

「何かあったのか……」

新兵衛が、欠伸《あくび》をしながら家から出て来た。

「いや。別になんでもない……」

平八郎は誤魔化した。

「さあて、そろそろ交代だ。もう一廻りしてくるか……」

平八郎は、新兵衛を残して見廻りを始めた。

親父橋《おやじばし》は日本橋川に続く東堀留川《ひがしほりどめがわ》に架かっており、その袂に小料理屋があった。

小料理屋の小座敷では、相沢春馬たち村上家の四人の家来たちが酒を飲んでいた。

四人は滅多に言葉も交わさず、酒を飲んでいた。

相沢春馬は酔わなかった。いや、酔わないというより、酔えなかった。それは他の三人も同じだった。

「女将、酒だ。酒を持って来てくれ」

家来の一人が、店の女将に注文した。

伊佐吉は、店の片隅で酒を飲みながら相沢たちの様子を窺っていた。

女将が、相沢たち四人の家来に酒を運んだ。

相沢たち家来は、酒を飲み続けた。

「美保さまの遊びの後始末か……」

家来の一人が、溜息混じりにぼやいた。

ぼやきに応える者もなく、家来たちは手酌で酒を飲んだ。

「嫌なら僅かな扶持米を棄てるんだな」

苛立たしげな言葉があがった。

相沢たち四人の家来は、言葉少なく手酌で酒を飲んだ。

「やるしかない……」

相沢たち四人の家来には、諦めにも似た虚《むな》しさが漂っていた。

伊佐吉は酒を啜った。

小料理屋のある親父橋の袂から英仙の家のある富沢町は遠くはない。

相沢たち四人の家来は、英仙の命を奪わんと斬り込むつもりなのだ。だが、美保の遊びの後始末の英仙闇討ちに気乗りがしないのだ。

人殺しが好きな奴など滅多にいない。

伊佐吉はそう睨んだ。

時は静かに過ぎていく。

「女将、何時だ……」

家来の一人が尋ねた。

「もうじき亥《い》の刻四つ（午後十時）。町木戸の閉まる刻限ですよ」

女将が教えた。

「よし、そろそろ出掛けるか」

年嵩《としかさ》の家来が、猪口の酒を飲み干した。

相沢は、手酌で猪口に酒を満たして慌てて呷った。

酒でも飲まなきゃあやってられねえか……。

伊佐吉は、相沢たち四人の家来が哀れになった。


東堀留川に架かる親父橋から浜町河岸富沢町は近い。

相沢たち四人の家来は、葭町《よしちょう》の通りを浜町河岸に向かった。

行き先は、菱川英仙の家……。

平八郎に報せなければならない。

伊佐吉は、相沢たち四人の家来を追い抜いて英仙の家に先廻りした。だが、英仙の家の表に平八郎はいず、路地の暗がりで新兵衛が転寝をしているだけだった。

伊佐吉は小石を拾い、新兵衛に投げ付けた。

小石は新兵衛の胸に当たった。

「誰だ」

新兵衛は飛び起き、慌てて刀の柄を握り締めて辺りを見廻した。

伊佐吉は、暗がりに潜んで見守った。

英仙の家から平八郎が出て来た。

狙い通りだ……。

伊佐吉は苦笑した。

「どうしました」

「う、うん。何かが飛んで来た」

新兵衛は、微かな怯えを滲ませた。

平八郎は、鋭い眼差しで周囲の暗がりを誰何《すいか》した。

伊佐吉は、暗がりから顔を見せた。

平八郎は気付いた。

「よし、一廻りして来よう」

平八郎は、伊佐吉を浜町河岸に誘った。


伊佐吉は、暗がり伝いに平八郎の傍にやって来た。

「どうした」

「相沢春馬が仲間たちと来ますぜ」

「相沢が……」

平八郎は眉を曇らせた。

「ええ。相沢は旗本四千石の旗奉行村上伊豆守の家来でしてね。仲間三人と……」

「村上伊豆守……」

「ええ。どうしても英仙を生かしておけないようです」

伊佐吉は、厳しい面持ちで告げた。

「分かった。それからさっき亀さんが……」

平八郎は、亀吉と平助の事を伊佐吉に教えた。

「そうですか……」

伊佐吉は、亀吉の事の始末を喜んだ。

「親分……」

平八郎は、暗闇を厳しく見つめた。

「来ましたか……」

「ああ。親分、新兵衛さんは余り当てに出来ない。裏を頼む」

「分かりました」

伊佐吉は、英仙の家の裏手に走った。

平八郎は表に駆け戻り、大欠伸をしていた新兵衛に家に入るように告げた。

「何故だ……」

新兵衛は戸惑った。

「死にたくなければ早く」

平八郎は厳しく言い放った。

新兵衛は一瞬にして血相を変え、家の中に駆け込んだ。

「英仙さんを頼みます」

「うん」

新兵衛は、怯えを滲ませて英仙の座敷に急いだ。平八郎は、刀の下げ緒で襷《たすき》をし、袴の股立ちを取った。

板塀の向こうに人影が忍び寄って来た。

相沢春馬たちだ……。

平八郎は、相沢たちの動きを見守った。

相沢たちは、板塀の向こうから前庭に忍び込んで来た。

一人、二人、三人……。

三人目が相沢春馬だった。そして、四人いるはずの最後の一人は忍び込んで来ない。

四人目は裏手に廻った……。

表に注意を惹き、裏手から家に侵入して英仙を斬る企てなのだ。

平八郎は睨んだ。

先手を打つ……。

平八郎は、猛然と打って出た。

相沢たちは、怯みながらも平八郎に斬り掛かってきた。

平八郎は、先頭にいた家来の刀を持つ腕を抜き打ちに斬った。家来は刀を落とし、血を振り撒いて後退した。

浅手だ……。

平八郎は、相沢たちを殺さず、戦意を失わせようとした。

二人目の年嵩の家来が、鋭い太刀捌《さば》きで斬り付けて来た。平八郎は斬り結んだ。

火花が散り、焦げ臭さが漂った。

平八郎は押した。

年嵩の家来は後退りし、必死に押し返そうとした。相沢が横手から平八郎に斬り掛かった。平八郎は躱した。年嵩の家来は、平八郎に迫って鋭い突きを放った。平八郎は、僅かに身を反らして躱し、年嵩の家来の伸び切った腕に刀の閃きを放った。血煙が舞い、年嵩の家来の刀と親指が落ちた。親指がなければ刀は握れない。

年嵩の家来は手を押さえて身を翻した。

平八郎は、ただ一人残った相沢春馬に向かった。相沢は、恐怖に震えながら平八郎に斬り掛かった。平八郎は、相沢の刀を弾き飛ばして頬を薄く斬った。相沢は恐怖に激しく震え、立ち竦《すく》んだ。

「これ以上の馬鹿な真似は、村上家の命取りになると伊豆守に伝えるんだな」

平八郎は、厳しく云い渡した。

相沢は、平八郎が村上伊豆守の名を知っているのに愕然《がくぜん》とした。

平八郎は、英仙の座敷に急いだ。

四人目の家来は、庭先から座敷にいる英仙に襲い掛かった。

新兵衛は、英仙を庇って必死に座敷を逃げ廻った。

家来は、英仙と新兵衛に猛然と迫った。新兵衛は奇声をあげて己を励まし、決死の覚悟で家来に立ち向かった。

刀の切っ先は小刻みに震えた。

家来は猛然と斬り込み、新兵衛の刀を叩き落とした。新兵衛は恐怖に喚《わめ》き、逃げようと身を翻した。家来は、新兵衛の尻を激しく蹴飛ばした。新兵衛は、悲鳴をあげて庭先に転落し、気を失った。

追い詰められた英仙は、辺りにある物を家来に投げ付けた。

家来は投げ付けられる物に構わず、英仙に刀を振りかざした。刹那、伊佐吉が家来の背後に組み付いた。

「神妙にしやがれ」

伊佐吉は、家来の動きを封じた。

「おのれ……」

家来は、伊佐吉を振り払おうとした。だが、伊佐吉は懸命に家来を押さえた。

「英仙さん」

平八郎が飛び込んで来た。

家来は焦った。

英仙は、新兵衛の落とした刀を拾い、家来に斬り掛かった。家来は体勢を崩しながら必死に躱した。伊佐吉の押さえが緩んだ。同時に家来は刀を横薙ぎに一閃した。

血飛沫が飛び散った。

英仙は右手首を斬り落とされ、悲鳴をあげて転げ廻った。

伊佐吉は、家来の背後から素早く飛び退いた。家来は、振り向きざまに伊佐吉に斬り付けた。

平八郎の刀が、下段から逆袈裟懸けに閃光を放った。

家来は、胸元から血を流し、回転するように倒れた。

「大丈夫か……」

平八郎は、英仙に駆け寄った。英仙は、手首から先を斬り飛ばされ、流れる血に顔色を真っ白に変えていた。

平八郎は、英仙の血止めを始めた。利き腕の手首を失った英仙は、絵筆を取って春画を描く事は二度と出来ない。

浮世絵師としての英仙は滅んだ。

「平八郎さん……」

家来の様子を見ていた伊佐吉が、首を横に振った。

家来は死んだ。

「そうですか……」

旗本・村上家による絵師・菱川英仙襲撃は終わった。

伊佐吉は、南町奉行所定町廻り同心高村源吾に事の次第を報せた。

高村は、密かに旗本・村上伊豆守に家来の死を報せ、その死体を引き取らせた。下手に騒ぎ立てれば、何もかもが白日の下に曝《さら》されて村上家の命取りになる……。高村は、村上伊豆守に伝えた。

菱川英仙と美保の件は、町奉行所同心の知るところとなった。村上伊豆守は、事を荒立てず穏便に済ませるしかなかった。

伊豆守は、旗奉行の役目を返上して表門を閉ざした。英仙を襲って死んだり傷付いた家来たちは、屋敷の奥深くに消え、村上屋敷は静まり返った。


平助は、絵師・菱川英仙の家に二度の付け火をし、呪いの藁人形を投げ込んだ事を認めた。そして、平助は英仙が利き腕を失ったと知り、憑《つ》き物でも落ちたかのように眼を虚ろに彷徨《さまよ》わせた。

高村源吾は平助を放免した。

絵師・菱川英仙は、辛うじて命を取り留めた。だが、利き腕を失った英仙は、木偶《でく》人形のように虚ろな日々に陥った。

伊佐吉と長次は、博奕打ちの伝八を厳しく責めた。そして、海辺大工町の家に踏み込み、春画の版木や肉筆画を押収した。

英仙と伝八が結託し、女たちを言葉巧みに騙して春画に描き、大儲けをしていた事が明白になった。騙された女の中には、首を括った茶店女のおはつを始め、行方知れずになった者もいた。

平八郎は、行方知れずの女たちを探さないように高村に頼んだ。

傷付いた女を探し出し、追い討ちを掛ける必要はない……。

「いいだろう……」

高村は頷いた。

「ありがとうございます」

平八郎は頭を下げた。

「平八郎さんに礼を云われる筋合いじゃあねえさ」

高村は苦笑した。

菱川英仙と伝八は、おはつを死に追い込んだ罪で遠島の仕置を受けた。

高村と伊佐吉は平八郎を立会人にし、押収した春画の肉筆画と版木を焼き棄てた。

肉筆画と版木は、おはつたちの哀しみと恨みを秘め、煙となって消え去った。

用心棒の仕事は終わった。

岡本新兵衛は、用心棒の役目を果たせなかったのを恥じ、いつの間にか姿を消してしまった。

「何処に行ったか分からないかな」

平八郎は、英仙の家から出て行く仕度をしていた婆やのおきみに尋ねた。

「知りませんよ」

おきみは、相変わらず無愛想だった。

「じゃあ、住まいが何処かも……」

「知るわけありませんよ」

おきみは、冷たく言い棄てた。

平八郎は苦笑した。

「おきみさん、平助が巻き込んですまなかったと詫びていたぜ」

平八郎は、おきみに鎌を掛けた。

おきみは驚き、血相を変えた。

平八郎の睨みは正しかった。

「呪いの藁人形、平助に頼まれて、おきみさんが裏庭に置いた。そうですね」

藁人形は英仙を脅かす為、おきみが平助に頼まれて置いたのだ。藁人形に絡みついていた白髪は、おきみの髪なのだ。

「平助とはどんな関わりなんです」

「昔、平助母子と同じ長屋で暮らしていたんですよ」

おきみは、懐かしげに遠くを見つめた。

「おはつちゃんと平助、親孝行ないい子なんだよ。それなのに、英仙のせいで……。悪いのは菱川英仙なんだよ」

おきみの頬に涙が伝った。

浜町堀は日差しに煌めき、荷船が行き交っていた。

平八郎は、浜町河岸を神田明神下に向かった。

三味線の爪弾きと女の歌う端唄《はうた》が静かに流れていた。

命懸け

一〇〇字書評

切り取り線

購買動機（新聞、雑誌名を記入するか、あるいは○をつけてください）	
□（　　　　　　　　　　　　　　）の広告を見て	
□（　　　　　　　　　　　　　　）の書評を見て	
□ 知人のすすめで	□ タイトルに惹かれて
□ カバーがよかったから	□ 内容が面白そうだから
□ 好きな作家だから	□ 好きな分野の本だから

●最近、最も感銘を受けた作品名をお書きください

●あなたのお好きな作家名をお書きください

●その他、ご要望がありましたらお書きください

住所	〒				
氏名		職業		年齢	
Eメール	※携帯には配信できません	新刊情報等のメール配信を 希望する・しない			

あなたにお願い

この本の感想を、編集部までお寄せいただけたらありがたく存じます。今後の企画の参考にさせていただきます。Eメールでも結構です。

いただいた「一〇〇字書評」は、新聞・雑誌等に紹介させていただくことがあります。その場合はお礼として特製図書カードを差し上げます。

前ページの原稿用紙に書評をお書きの上、切り取り、左記までお送り下さい。宛先の住所は不要です。

なお、ご記入いただいたお名前、ご住所等は、書評紹介の事前了解、謝礼のお届けのためだけに利用し、そのほかの目的のために利用することはありません。

〒一〇一－八七〇一
祥伝社文庫編集長　加藤　淳
☎〇三（三二六五）二〇八〇
bunko@shodensha.co.jp

祥伝社ホームページの「ブックレビュー」からも、書き込めます。

http://www.shodensha.co.jp/bookreview/

祥伝社文庫

上質のエンターテインメントを！　珠玉のエスプリを！

祥伝社文庫は創刊15周年を迎える2000年を機に、ここに新たな宣言をいたします。いつの世にも変わらない価値観、つまり「豊かな心」「深い知恵」「大きな楽しみ」に満ちた作品を厳選し、次代を拓く書下ろし作品を大胆に起用し、読者の皆様の心に響く文庫を目指します。どうぞご意見、ご希望を編集部までお寄せくださるよう、お願いいたします。

2000年１月１日　　　　祥伝社文庫編集部

命《いのち》懸《が》け　素《す》浪人《ろうにん》稼《か》業《ぎょう》　時代小説

平成21年10月20日　初版第１刷発行

著　者　藤《ふじ》井《い》邦《くに》夫《お》

発行者　竹内和芳

発行所　祥《しょう》伝《でん》社《しゃ》
東京都千代田区神田神保町3-6-5
九段尚学ビル　〒101-8701
☎ 03（3265）2081（販売部）
☎ 03（3265）2080（編集部）
☎ 03（3265）3622（業務部）

印刷所　萩原印刷

製本所　明泉堂

ISBN978-4-396-33538-0　C0193

祥伝社のホームページ・http://www.shodensha.co.jp/

祥伝社文庫

藤井邦夫

素浪人稼業

神道無念流の日雇い萬稼業・矢吹平八郎。ある日お供を引き受けたご隠居が、浪人風の男に襲われたが…。

藤井邦夫

にせ契《ちぎ》り　素浪人稼業

素浪人矢吹平八郎は恋仲の男のふりをする仕事を、大店の娘から受けた。が娘の父親に殺しの疑いをかけられて…

藤井邦夫

逃れ者　素浪人稼業

長屋に暮らし、日雇い仕事で食いつなぐ、萬稼業の素浪人・矢吹平八郎。貧しさに負けず義を貫く！

藤井邦夫

蔵法師　素浪人稼業

蔵番の用心棒になった矢吹平八郎。雇い主は十歳の娘。だが、父娘が無残にも殺され、平八郎が立つ！

藤原緋沙子

恋椿　橋廻り同心・平七郎控

橋上に芽生える愛、終わる命…橋廻り同心平七郎と瓦版屋女主人おこうの人情味溢れる江戸橋づくし物語。

藤原緋沙子

火の華《はな》　橋廻り同心・平七郎控

橋上に情けあり。生き別れ、死に別れ、そして出会い。情をもって剣をふるう、橋づくし物語第二弾。